LE
IVGEMENT
EQVITABLE
DE
CHARLES
LE HARDY
DERNIER DVC
DE BOVRGOIGNE
TRAGEDIE

A PARIS,
Chez **TOVSSAINCT QVINET**, au Palais fous la
montée de la Cour des Aydes.
M. DC. XLV.
Auec Priuilege du Roy.

A

HAVT ET PVISSANT SEIGNEVR

MESSIRE IOSIAS
COMTE DE RANSAV,
LIEVTENANT GENERAL DV ROY
dans ses Armées commandées par Son
Alteste Royale, & Mareschal
de France.

ONSEIGNEVR,

Parmy tant de loüanges de la Cour, du Cabi-
nét, & du Conseil, où vostre merite & vos rares
qualitez viennent de faire vn bruit si honora-
ble; après l'accueil de tant d'illustres tétes & de tétes couronnées; au milieu des transports de tous les Chefs & Gents de
guerre qui vous enuironnent, & dans les acclamations publi-
ques qui témoignent les ressentiments de la France reconnois-
sante; à l'éclat de vostre nouuelle dignité, & au plus fort des
occupations où vous jette vn si noble employ, si important, &
si necessaire à l'Estat : Enfin, MONSEIGNEVR, aprés
cet honneur que vous a fait la Reyne, autant par ses paroles

à

obligeantes que par les presens du Roy, aprés la voix & le suf-
frage de Monseigneur le Duc d'Orleans, qui n'attend plus qu'
vous donner ce BATON honorable qui vous allie à la Frãce
par des fleurs de Lys, & qui portant vn souuerain commandement dans les armées n'est pas moins le prix de vos heroïques
trauaux, pour celles qui vous doiuent leurs victoires preceden-
tes, qu'vn presage infaillible des heureux succez qui doiuent
rendre triomphante celle que vous allez commander: l'ajoute
encore aprés l'approbation tres-auantageuse & tres-particu-
liere de SON EMINENCE, qui comme elle est la plus
haute lumiere de l'Estat, vous a fait justice aussi pour tout l'E-
stat mesme; Aprés tous ces eloges éclattans & presque incom-
parables qu'elle a fait inserer dans vostre Breuet, touchant vostre illustre naissance, les grandeurs de la premiere Maison du
Duché de Holstin, & la premiere aussi du Royaume de Danne-
march, aussi vieille & aussi fameuse que l'Empire, & tant
de merueilleuses actions par qui vous la releuez tous les iours
encore, & par qui la Frãce obligée la respecte mesme au fond
de l'Allemagne, & en terre ennemie, qu'en sa faueur & pour
l'amour de vous elle doit peut-estre vn iour épargner: Aprés,
dy-ie, tous ces titres d'honneur, qui rendent plus recommenda-
ble encore le don qu'on vous fait par ces qualitez qu'on pu-
blie, qui sont les brillans de vostre Couronne & les plus beaux
rayons de vostre gloire; Au milieu de tant de bouches Françoi-
ses qui vous applaudissent, voicy vne voix estangere qui vient
presque du Septentrion, & qui par vn zele precipité, & foible
d'vn si long chemin; n'aspirant qu'à la gloire de se faire entendre la premiere, vous vient tumultuairement, à la hâte, & sans
art saluer MARESCHAL DE FRANCE. Ie sçay, Monseigneur, qu'elle est temeraire & indiscrete, d'oser vous inter-
rompre dans vn cócours si pressant de si hautes affaires; & qu'e-

tant paruenuë à vous difficilement & à peine, à peine aurez-
vous le loisir de mesme de l'ouïr. Mais considerez que c'est
CHARLES LE HARDY, qui vous demande audience
pour elle, & que ce Prince que vous imitez par cette genereuse
hardiesse qui vous a fait comme luy le Maistre de tant de perils,
& auquel vous auez déja osté ce surnom glorieux, ne peut
moins meriter que de vous voir en montant à cheual, & de
vous accompagner & vous entretenir en vostre voyage. Ma
plume ne vous appelle point dans le Cabinet, & bien loin de
vous retarder, ce sera s'il vous plaist la premiere trompete qui
vous aura salué icy, & qui vous fera battre aux champs. Et cer-
tes, puis qu'il ne faut rien que de hardy auprés de vous, & que
CHARLES ne deuoit estre offert qu'au plus HARDY du
monde, j'ose esperer que ce Heros estant receu par l'autre fa-
uorablement, luy fera excuser la hardiesse de ma plume qui
veut se mesler auecque vos Trompettes, & cette audace officieuse & pleine de respect, qui vous conuie de partir, & d'aller par vne victoire signalée me fournir le Chant de vos derniers triomphes. Ce sera à vostre retour qu'en vous presentant
à vous mesme, en la peinture de ces hautés actions que vous allez faire aux yeux de l'Europe, auecque moins de honte & plus
d'éclat i'oseray me souscrite,

MONSEIGNEVR,

Vostre tres-humble & tres-
obeissant seruiteur,

A. MARESCHAL.

PERSONNAGES.

CHARLES. Duc de Bourgoigne.

RODOLFE. Son Fauory Gouuerneur de Mâstric.

FREDEGONDE. Mere putatiue de Rodolfe.

FREDERIC. Lieutenant de Rodolfe, & son Cousin.

MATILDE. Femme d'Albert.

FERDINAND. Amy d'Albert, & Amant de Matilde.

DIONEE. Damoiselle de Matilde, & Confidente Ferdinand.

RUTILE. Cauallier de Rodolfe.

LEOPOLDE. Capitaine des Gardes.

GARDES. Du Duc Charles.

La Scene est à Mâstric, dans vne sale du Chasteau.

LE IVGEMENT
DE CHARLES
LE HARDY,
DERNIER DVC DE BOVRGOIGNE.
TRAGEDIE

ACTE I.R
SCENE PREMIERE.

RODOLFE, MATILDE, FERDINAND,
DIONEE, FREDERIC.

RODOLFE. Aprés auoir parlé à l'oreille à Frederic.

Bferuez, Frederic, ce que ie viens de dire :
Suiuez le, Ferdinand : Et vous, qu'on se retire;
L'importâce du fait n'admet point de suiuât, ✶
Et rend presque suspects le iour, l'air, & le vent.

+ La sui-
te se reti-
re.

A

CHARLES.

Voyez donc vôtre Amy, dont la prison m'afflige;
Qu'il iuge à quoy ma charge, à quoy l'Estat m'oblige:
S'il confesse son crime; au lieu de le preuuer
I'en fay l'excuse au Prince, & pretens le sauuer;

Voyez le donc, allez: Aprés, qu'on nous l'ameine ✶
Pour parler à Matilde en la chambre prochaine:
Là vous verrez, Madame, & hors des yeux de tous
Ce trop cher Criminel, ce miserable Epoux.

✶ Frederic
emmeine
Ferdinãd.

MATILDE.

Seigneur, changez ces noms: son sort est déplorable;
Mais il n'est criminel, ni Mary miserable:
Ma vertu luy rendoit nôtre hymen glorieux;
La sienne l'affranchit d'vn crime injurieux:
Ie l'estime & le nomme, en cette conjoncture,
Vn innocent Mary, que charge vne imposture.

RODOLFE.

Vous loüez ses vertus, ignorant ses deffaux:
Iugez par cet écrit si l'on l'accuse à faux;
Reconnoissez son sein; voila son écriture:
Oyez vn innocent, que charge vne imposture. ✶

✝ Rodol-
fe luy lit
vne lettre
d'Albert
son mary

A LOVYS, ROY DE FRANCE.

Auance tes exploits;
Si Liege est impuissante à soûtenir ses droits,

Si Charles auec toy, malgré toy, l'enuironne,
On traite mieux icy l'honneur de ta Couronne;
LOVYS, force vn Vaffal qui croit forcer les Roys,
Fay de tous fes Eftats vn degré de ton trône,
     Viens nous rendre François;
Mâftric te peut vanger de l'affront de Peronne.

ALBERT.*

✝Rodolfe continuë.

Vn Innocent auroit-il ce deffein ?
Eft-ce vn traitre? eft-ce Albert? & n'eft-ce pas fon fein?
Qu'euft fait vn Gouuerneur, dont on promet la Place?
Suis-je dedans Mâftric? ou fi LOVYS m'en chaffe?
Charles n'en eft-il pas le Maître fouuerain?
Suiurons-nous des Liegeois la reuolte & le train?
Comme ils font affiegez, prefque incertains de viure,
Leur crime fournit-il vn exemple à les fuiure?
Albert nous veut jetter dans vn mal fi preffant:
Il eft pris: Suis-je jufte? ou s'il eft innocent?
Madame, jugez en, mettez vous en ma place,
Parlez.

MATILDE.

Comment parler! fi mon fang eft de glace,
Mon cœur tremble d'horreur, & ma langue d'effroy;
Quoy? trahir fon Pays? s'entendre auec le Roy?
Entrer contre fon Prince en vn party contraire?
Albert eut ce deffein? Albert l'auroit pû faire?

CHARLES.

Non, son sein ; non, mes yeux ; sa vertu vous dément.
Ah ! Seigneur, suspendez un peu ce jugement :
Quels soldats a-t'on veus ni hors ni dans la Ville ?

RODOLFE.

LOVYS est deuant Liege, en peut fournir dix mille :
Il est perdu, Madame ; il n'y faut plus réuer :
Mais pour l'amour de vous tâchons de le sauuer.
Vous sçauez ma faueur, mon rang auprés du Prince,
Mon pouuoir dans Mâstris, dans toute la Prouince :
Pour obtenir sa grace, & gagner vôtre cœur,
J'employ'ray tout, Madame, & pouuoir & faueur ;
Il ne tiendra qu'à vous, secondant mon enuie,
Qu'il ne doiue à tous deux son salut & sa vie.

MATILDE.

Il ne tiendra qu'à moy ? Seigneur, que dittes vous ?

RODOLFE.

Mais que ne dy-je pas, en sauuant vôtre Epoux ?

MATILDE.

Que vous auez un cœur puissant & magnanime.

RODOLFE.

Pour épargner ma voix, par l'effect il s'exprime.

MATILDE.

Ouy, cet effet me dit quelles font vos bontez.

RODOLFE.

Pluſtôt quels ſont mes feux, & quelles vos beautez;
Que j'honore Matilde, en vn mot que ie l'ayme:
Entendez mes ſoûpirs; ils le diſent de méme.

MATILDE.

I'en ay trop entendu: Rodolfe, où ſommes-nous?

RODOLFE.

Sur le poinƐt de ſauuer moy-méme, & vôtre Epoux:
Dans vn danger mortel expoſez l'vn & l'autre
Il eſt mon Criminel, & moy ie ſuis le vôtre;
Nous meritons la mort tous deux également,
Luy comme vn Ennemy, moy comme vôtre Amant:
Vous gouuernez mon ſort; ie fay ſa deſtinée;
Si vous me condamnez, ſa ſentence eſt donnée;
Vous ſauuez ou perdez l'vn & l'autre aujourd'huy:
Conſeruez le par moy, conſeruez moy par luy:
Ie tiens ſon corps captif; vous captiuez mon ame;
Ses lyens ſont de fer, & les miens ſont de flame:
Plus à plaindre que luy dans nos diuers lyens,
Lors que ie romps ſes fers, ie redouble les miens.

CHARLES.

MATILDE.

Qu'ay je oüi? vous m'aymez? vôtre bouche l'exprime?
Albert, ie t'ay perdu; son amour est ton crime.

RODOLFE.

Non; mais le seul moyen à son salut offert:
Ou ie vy par sa vie, ou ma perte le pert:
Choisissez.

MATILDE.

    Quel iniure à ce choix me conuie!
Que ie perde l'honneur, ou qu'il perde la vie?
Ce qui vous feroit viure est proprement ma mort,
Et sur moy seule enfin doit tomber tout le sort;
D'vn & d'autre côté ce sort me vient poursuiure;
Si vous viuez, ie meurs; s'il meurt, ie ne puis viure.
Qu'Albert meure pourtant; ie conclus son trépas;
Sa vie & mon honneur ne se balancent pas:
Luy-méme contre luy dans ce choix miserable
M'inspire combien l'vn à l'autre est preferable;
Qu'estant son propre honneur dans le mien confondu,
Si par là ie le sauue, il se croit plus perdu:
Vn grand cœur soufre moins, quand le sort le surmonte,
A mourir innocent, qu'à viure dans la honte:
Puis, quand il seroit tel que vôtre amour le rend,
Pour effacer son crime, en feray-ie vn plus grands?

Non, qu'il meure. Qu'il meure? Ah! l'erreur est extréme:
Meurs plustôt, pour sauuer ton bonneur, & luy-méme;
Meurs, sauue les tous deux par vn effort puissant:
Quand tu ne seras plus, Albert est innocens;
Quand tu ne seras plus, ton bonneur doit s'accraître;
Quand tu ne seras plus ....

RODOLFE.

Moy, ie cesseray d'estre:
Ayez pitié de trois; par mes vœux enflamez,
Par Albert, par vos soins, & viuez & m'aymez.

MATILDE.

Ce qu'vn poignard eust fait, ce mot seul l'effectuë:
C'est me prier de viure, alors que l'on me tuë:
Albert, mes soins, vos vœux ne sçauroient m'animer,
S'il faut aymer pour viure, ou viure pour aymer:
N'en parlons plus, Rodolfe.   Et pour vôtre promesse;
Laissez moy voir Albert, Seigneur, ou ie vous laisse;
Ie ne demande plus qu'vn moment en ce lieu,
Pour sortir de la vie, en luy disant adieu;
Ou tenez moy parole, ou ie vous en dispense.

RODOLFE.

D'vne faueur si grande est-ce la recompense?
Vous le verrez pourtant. Frederic, auancez.
Ie vous oblige au poinct que vous m'en dispensez.

SCENE II.

FREDERIC, RODOLFE, MATILDE, DIONEE.

FREDERIC.

Albert eſt dans la chãbre; il vous attẽd, Madame.

RODOLFE.

Allez luy raconter vos rigueurs, & ma flame.

MATILDE.

Vous pourez nous oüir, comme ie puis le voir;
Tous deux ſommes icy deſſous vôtre pouuoir.

RODOLFE.

Vous pouuez tout, Madame, aux lieux où ie vous meine,
Le ſortir de priſon, & me tirer de peine:
Donnez à mon amour, donnez à ſon mal-heur;
Faiſons grace pour grace, & faueur pour faueur;
Telle que vous ſerez, tel vous m'obligez d'eſtre:
N'empéchez pas ma grace à ce poinct de paraître.

MATILDE.

Ce diſcours la corromt, il accroît mon ennuy;
Retranchez le, ou venez l'acheuer deuant luy.

Suiuez

Suiuez nous.

FREDERIC.

Arreſtez : il ne faut point de ſuite :
Dans ces lieux de reſpect l'entrée eſt interdite.

DIONEE.

Elle me le commande.

FREDERIC.

Et ie vous le deffens.

DIONEE.

Qu'il faut ſoufrir d'affronts en Cour, & chez les Grands !
Mais Ferdinand reuient.

SCENE III.

FERDINAND, DIONEE.

FERDINAND.

S*A vertu me conſole.*
Ie l'ay veu, Dionée ; on m'a tenu parole :

B

Dans les fers sa constance a même des appas;
Albert est innocent, ou le Ciel ne l'est pas:
Ie le maintiendray tel, & mon sang & ma vie
Soûtiendront la Vertu lâchement asseruie.
Taisez vous, mon amour; taisez vous, interest;
Ie ne vous entends point contre vn si iuste arrest;
I'égale à mon amour mon amitié fidele;
Albert est innocent, comme Matilde est belle;
Et ie doy le seruir, loin d'en estre jaloux,
Et comme vn innocent, & comme son Epoux;
Albert est innocent? Arrête, fausse joye;
Le doy-je souhaiter, encor que ie le croye?
Laissons faire Rodolfe, vn Iuge, vn Souuerain;
Voyons perdre vn Riual sans y mettre la main:
Lors que le destin m'offre vn espoir legitime
De posseder Matilde & sans crainte, & sans crime,
Qu'il semble auoir pitié de mes maux amoureux;
Ma pitié pour autruy me rendroit malheureux?
I'aymerois, ie plaindrois Matilde, & ce qu'elle ayme;
Et ie n'aurois amour, ni pitié pour moy-méme?
Point: ie doy me montrer, mais d'vn cœur affermi,
Et mal-heureux Amant, & genereux Amy.
Doux & secret poison d'vne ame interessée,
Cessez, espoir flatteur, de plaire à ma pensée!
Ayant aymé Matilde, & genereusement,
Ie n'empêcherois pas son dueil & son tourment?

Quoy? ie luy laisserois ce grand sujet de larmes?
Amour propre, interest, i'ay dissippé vos charmes:
Matilde attend mon ayde, Albert est en prison;
Seruons la, mon amour; seruons le, ma raison;
Comme constant Amant, soyons Amy fidele.

DIONEE.

Et d'Amants & d'Amis ô le parfait modele!
Quoy donc? aymer Matilde; & sauuer son Mary?

FERDINAND.

Quoy? ne luy garder pas vn objet si cheri?

DIONEE.

Vn trait si genereux merite qu'on l'admire.

FERDINAND.

Et qui l'admireroit? si j'offense à le dire?

DIONEE.

Moy; qui sçay vos respects & vos vœux complaisans;
Qui fay de vôtre amour vn secret de six ans;
A qui, comme en depôt, vous l'auez confiée;
Qui vous ay veu l'aymer & Fille, & mariée.

FERDINAND.

Et qui, sans l'offenser d'vn soûpir seulement,
Verras durer ma flame encore au monument:

B ij

Que ma discretion, que mon respect me coûte !
Je m'accuse en secret lors que ton cœur m'écoute ;
Ie te l'ay dit pourtant, il est vray, tu l'as sceu
Ce feu, qu'autre que toy n'a iamais apperceu,
Ce feu pur qui ne fait ni lueur ni fumée ;
Sans ombre pour l'Amy, sans éclat pour l'Aymée.
Tu sçais qu'il emporta ce prix de nôtre foy,
Pour s'estre declaré seulement deuant moy :
Permets que ie m'écrie à ton cœur qui m'écoute ;
Que ma discretion, que mon respect me coûte !

DIONEE.

Dans vn tourment fidele & des vœux si constants
Vous éclattez en vain, lors qu'il n'en est plus temps ;
Vôtre discretion m'a cent fois étonnée ;
Je l'ay toûjours cherie, & toûjours condamnée ;
Et cette amour, si rare en sa perfection,
Ie l'appellois respect, plustôt que passion.

FERDINAND.

Soit passion, respect, soit amour, Dionée ;
On ne verra iamais leur course terminée,
J'adore ainsi Matilde ; & si mon seul penser
S'étendoit plus auant, ie croirois l'offenser.
Mais qu'est-elle, en ces lieux, & sans toy deuenuë ?

DIONEE.

Elle est dans vne chambre à mes yeux inconnuë,
Où Rodolfe a voulu luy-méme la mener.

FERDINAND.

Qu'est-ce que par ces mots tu me fais soupçonner?

DIONEE.

Et d'où son Lieutenant m'a deffendu l'entrée.

FERDINAND.

Elle a, deuant Albert, sa perte rencontrée.
Je crains tout de Rodolfe; & n'ay-je pas raison?
Albert n'est pas prés d'elle, Albert est en prison.

DIONEE.

Albert est dans la chambre; ô trop jaloux martire!
Et Frederic luy-méme icy l'est venu dire.

FERDINAND.

Albert n'est point sorti; que mon cœur est blessé!
Et Frederic luy-méme auec luy m'a laissé.
Ah! ce rapport est faux; il m'instruit, & me trouble:
Dionée, on nous trompe; & ma crainte redouble.
On vient: forçons la chambre; allons; suy ma fureur.

SCENE IV.

RODOLFE, FREDEGONDE.

RODOLFE.

QV'on cherche Frederic.

FREDEGONDE.

Ah ! mon Fils, quelle horreur !
Quel cœur n'auroient touché ses plaintes, ses injures ?

RODOLFE.

Ses plaintes sont de femme, & ne sont qu'impostures ;
Qui ne peuuent en rien rendre mon nom terni,
Et n'empécheront pas Albert d'estre puni :
C'est là ce grand sujet de troubles & d'allarmes,
Qui fait son desespoir, & qui cause ses larmes :
Sur le crime d'Albert, qu'elle veut excuser,
Elle m'en suppose vn, pour vous mieux abuser ;
Elle jette des cris ; vous la croyez sans doute :
Mais vne Femme parle ; vne femme l'écoute :
Je sçay quelle est ma charge, au milieu de ce bruit :
Le Coûpable mourra, peut-estre auant la nuict.

FREDEGONDE.

Ciel, détourne l'effet de cette prophetie.
Vôtre vie en seroit peut-estre racourcie ;
Si le Coûpable meurt, ie vous tiens en danger :
Vôtre crime est couuert sous vn crime êtranger :
Albert est sans offense, & Matilde offensee.
Ie parle, & parle en Mere, à vôtre ame insensee.
Pour posseder la Femme ; accuser le Mary ?
Ah ! vous deuiez attendre au moins qu'il eust pery :
Mais perdre encore Albert, ayant raui sa femme ?

RODOLFE.

Il faut punir le crime.

FREDEGONDE.

                Et quelle est vôtre flame ?
Si les Cieux ont soufert vos coûpables desseins,
Craignez Charles, mõ Fils ; leur foudre est dãs ses mains :
Il vient ; & ce rapport qu'vn Cauallier assure
Dans la chambre tantôt m'a fait faire ouuerture :
Deux soldats de la garde ont donné cét auis ;
Qu'aussi-tôt Frederic par mon ordre a suiuis :
Ie venois vous le dire, alors qu'entrée à peine
I'ay veu..... Mais il reuient.

RODOLFE.

      Laiſſons luy prendre haleine,
Madame, allez ſans crainte & ſans émotion
Diſpoſer le Château pour ſa reception.

SCENE V.

RODOLFE, FREDERIC.

RODOLFE.

*C*Harles vient, Frederic; a-t'on ouuert la Ville?

FREDERIC.

Ouy, Seigneur; & ie viens d'y recenoir Rutile;
Mandé vers ſon Alteſſe, en ſa commiſſion
Il a ſuiui vôtre ordre, & mon inſtruction;
Il a montré d'Albert & la lettre & le crime;
Fait naître au cœur du Prince vn ſoupçon legitime;
Qui pour vôtre aſſurance employant ſes trauaux
Suit icy ce Courier auec mille cheuaux.
Il vient; n'en doutez point; c'eſt ce qu'il nous rapporte;
Que nous ont fait ſçauoir deux ſoldats de la Porte;

                              Où

Où Madame a voulu que j'allaſſe le voir,
Et pour le faire entrer, & pour le mieux ſçauoir.
Mais, Seigneur, qu'auez-vous ? quelle eſt cette triſteſſe ?

RODOLFE.

Charles vient, Frederic ; j'admire ſa viteſſe ;
Sa diligence étonne autant qu'elle ſurprend ;
Et l'honneur qu'il me fait rend mon trouble plus grand ;
Comment ? quiter le ſiege ? & quiter LOVYS méme ?
Ie le crains d'autant plus qu'il témoigne qu'il m'ayme.

FREDERIC.

Ne craignez rien ; ſuiuez vos deſirs enflamez :
Tout, tout vous eſt permis, puis qu'enfin vous aymez ;
Tout crime eſt beau, qui gagne & donne vne Maitreſſe.
Admirez, aprés tout, ma feinte & mon adreſſe ;
Comme j'ay ſuiui l'ordre, & conduit vos deſſeins ;
Et fait tomber ſans peur la proye entre vos mains :
Par cette inuention Matilde enfin ſeduite,
Iuſque dedans la chambre & par vos mains conduite,
N'y treuuant point Albert qu'elle a crû conſoler,
Aura treuué du moins vn autre à qui parler.
Qu'auez-vous emporté ?

RODOLFE.

Tout ; ſi l'on veut la croire ;
Mais ſon opinion fait toute ma victoire :

C.

Croy la ; j'auray tout pris : croy moy ; ie n'ay rien eu.
Apprens donc vn mistere à tes sens inconnu.
Aprés mille combats , aprés mille prieres ,
Pour emporter Matilde & ses faueur dernieres ;
La voyant endurcie & ferme en ses refus :
Albert pay'ra pour tout ; vous ne le verrez plus ;
Poursuiuez , ay-ie dit , vôtre rigueur extréme ;
Vous instruisez la mienne ; & j'en feray de méme ;
Ie m'en vay de ce pas percer son traitre sein.
Et de faict, ie faignois d'aller à ce dessein :
Quand i'ay veu sur mes pas , d'vne crainte inoüie ,
Comme morte tomber Matilde éuanoüie :
Son corps estoit de glace , & son teint sans esclat ;
Et ie la treuuois belle encore en cet estat ;
Vne telle foiblesse inuitant à la force ,
Cet objet de pitié n'a serui que d'amorce ;
Et ie voyois combattre en cet estrange sort ,
Dessous les mesmes trais , & l'Amour & la Mort :
Mais au poinct que l'Amour forçant ma retenuë
Alloit s'en rendre maistre . . . . .

FREDERIC.

Est-elle reuenuë ?

RODOLFE.

Non.

FREDERIC.
Contre vn si grand bien qu'est-il donc arriué ?

RODOLFE.

Ma Mere, Frederic; elle m'en a priué :
Ah ! mon mal-heur est grand, & n'est pas reparable!
A tout autre la chambre estoit impenetrable :
Mes gens forcez d'ouurir ont cedé par respect.

FREDERIC.

Son ordre, en m'éloignant deuoit m'estre suspect;
Elle m'a sur ce temps enuoyé vers la Porte.

RODOLFE.

La honte, le dépit, la colere m'emporte;
Je querelle & destins, & Cieux, à ce sujet;
Et ie ne puis ni voir, ni quiter cet objet.
Par vn pieux secours, à quoy le Ciel l'incite,
Ma Mere fait qu'en fin la Morte ressuscite;
Qui rejettant ses bras, qu'elle croyoit les miens,
Au milieu de ses cris la connoît par les siens :
Son geste exprime assez, il luy sert de parole;
L'autre l'entend de mesme, & sans voix la console :
Tout semble m'accuser, l'état, le lieu, l'endroit :
Fredegonde le craint, & Matilde le croit;
Et n'osant s'expliquer par honte & bienseance,
Cet entretien muet confirme leur creance;
Toutes deux font effort de s'entendre à mentir :
Moy, i'ayde à ce mensonge, & feints d'y consentir;
Pour rendre vn iour par là Matilde plus traitable,
Et par vn feint plaisir aller au veritable :

C ij

Ainſi, pour auancer ma propre paſſion,
Contre elle ie me ſerts de ſon opinion;
Ie veux par elle abbatre & vaincre ſon courage.
          FREDERIC.

Ce pendant en tous lieux elle porte ſa rage,
Elle a tantôt rempli tout Maſtrie de ſes cris,
Fait émouuoir le Peuple, & gagné les eſprits.
Donnons, pour diuiſer ſa fureur & ſes armes,
Tout vn autre pretexte à ſes cris, à ſes larmes;
Faiſons mourir Albert: lors on croira, Seigneur,
Qu'elle pleure vn Mary, non pas ſon deshonneur.
Dans tout vôtre deſſein ſa mort eſt neceſſaire;
Elle confond Matilde, elle aſſure l'affaire;
Et Charles renuoy'ra, malgré ſon vain rapport
Et ſes pleurs & ſes cris, le tout à cette mort;
Dont la lettre d'Albert aprés vous iuſtifie.
          RODOLFE.

Ton eſprit eſt adroit, en luy ſeul ie me fie:
Va doncque, cher Couſin, ſuy ta propre raiſon;
Va, fay mourir Albert deſſus l'heure, en priſon:
Tandis ie vay calmer cette émeute ciuile,
Receuoir SON ALTESSE au dehors de la Ville;
Et quoy que ſon abord ſoit contre mon ſouhait,
Reſpondre en apparence aux honneurs qu'il me fait.

          Fin du premier Acte.

ACTE II.

SCENE PREMIERE.

FREDERIC, RVTILE.

FREDERIC.

TA diligence eſt grande, il eſt vray, mais, Rutile,
  Sur vne fauſſe allarme elle n'eſt qu'inutile :
Charles nous a ſurpris ; nous ne l'attendions point ;
Ton ordre & ton enuoy n'alloient pas à ce poinct :
Tu ſçauois le ſecret ; que tout n'eſtoit que feinte ;
Que ſon abord icy nous tiendroit en contrainte ;
Et que pour perdre Albert, ſur vn crime inuenté,
Son abſence pluſtôt nous preſtoit ſureté ;
Que nous auions choiſi, pour l'arreſter à Liege,
La lettre à LOVYS onze, & le temps de ce ſiege :
Mais, par des trais ſi prompts qu'il ſemblent inoüis,
Il a quitté le Siege, il a quitté LOVYS :
Son eſprit remuant troublera cette affaire.

RVTILE.

Il n'aura pas le foin ni le temps de le faire ;
Puis qu'il doit eſtre au camp de retour aujourd'huy,
Qu'il ayme ainſi Rodolfe , & n'a ſoin que de luy :
Ne treuuant du peril apparence ni voye,
Ce foin l'a fait venir, vn plus grand le renuoye.
  A peine dans la nuiĉt au quartier arriué,
Sçachant que tous veilloient , & le Prince leué ;
J'auance , & voy par tout les ſoldats en attente,
Mille cheuaux rangeʒ en armes vers ſa tente :
Au ſeul nom de Rodolfe il me tire en ſecret,
Apprend le faiĉt d'Albert , en montre du regret
Lit ſa lettre en copie ; & deſſus ma creance ,
D'vn peu de verité gagnant ſa confiance ,
J'ajoûte : Qu'autrefois domeſtique d'Albert,
Vn rang plus glorieux à ma fortune offert ,
J'auois prés de Rodolfe à preſent aſſeruie
Attaché noblement ma fortune , & ma vie :
En ſuite ie luy peints ce menſonge inuenté,
Comme Albert me parla ; comme il m'auoit tenté
Comme , ayant feint d'entrer dedans ſa confidence ,
J'appris tous ſes deſſeins qu'il mit en euidence ;
Qu'ayant creu par ſes dons tous mes ſens eſbloüis ,,
Il m'auoit mis en main cette lettre à LOVYS ;
Que Rodolfe auerti m'enuoye auec vîteſſe
Porter moy-meſme auis & lettre à SON ALTESSE.

Ce discours concerté semble-t'il si pressant ?

FREDERIC.

Mais Charles est icy ; nous le voulions absent.

RVTILE.

Son amour pour Rodolfe en est la seule cause.
A peine a-t'il oüi tout le faict que j'espose ;
Que tourné vers les siens il leur fait le signal :
On sonne la trompette, & l'on monte à cheual ;
Et pour toute responses, en y montant luy-mesme :
Rodolfe, m'a-t'il dit, connoîtra si ie l'ayme ;
Allons le voir. Il marche ; & chacun le suiuant,
Il se met à la teste ; & ie prends le deuant.

FREDERIC.

Tu les as preuenus auecque diligence.

RVTILE.

Le Prince auec Rodolfe a pris intelligence :
Deuant Matilde & luy, depuis qu'il est venu,
I'ay rapporté le faict, & ie l'ay soûtenu :
Mais le plus difficile, où la peur me surmonte,
C'est qu'auec Albert mesme il faut qu'on me confronte :
A quel poinct de mal-heur me voy-je destiné,
S'il connoit que la lettre est sur vn blanc-signé ?

CHARLES.

Où me suis-je plongé ? quel remors me deuore !
Ne songera-t'il point qu'il m'en restoit encore
De ceux, qu'estant à luy, ni remplis ni rendus
J'auois pû faire croire esgarez ou perdus ?
Me seruir de son nom, pour perdre ainsi mon Maître ?
Quel crime ! s'il y pense, oseray-ie paraître ?
Ah ! c'est toute ma crainte.

FREDERIC.

O regrets superflus !
Si tu ne crains qu'Albert, Rutile, ne crains plus :
Il ne te verra point.

RVTILE.

Mais Charles...

FREDERIC.

Charles mesme
N'aura pas ce pouuoir, quoy qu'en vn rang suprême :
En vn mot, il est mort, Albert est depesché.

RVTILE.

Helas !

FREDERIC.

Ne le plains point, ni son sang espanché ;
Aurois-tu, s'il te sert, regret de le répendre ?
Ton crime & nos desseins sont couuerts de sa cendre :
Apprens..... Mais Charles vient : dessus cette action
Viens receuoir ailleurs nouuelle instruction.

SCENE

SCENE II

CHARLES, MATILDE, RODOLFE, FERDINAND,
DIONEE, LEOPOLDE, GARDES.

CHARLES.

IE garde en mon esprit vos plaintes, & son vice;
I'ay pitié de vos maux; je vous rendray iustice.

MATILDE.

Grand Prince, ah! que ie crains qu'vn excez d'amitié
Ne trahisse en vous-mesme & iustice, & pitié!
Vous hayssez le crime; ainsi j'ose me plaindre:
Mais vous aymez Rodolfe; ainsi ie doy tout craindre;
Et son impunité, qui triomphe entre nous,
Le tient ferme & hardy, quand ie tremble à genoux:
Son amour m'a perduë, & sa faueur m'opprime;
I'ay son rang à combattre encor plus que son crime:
Mais j'attens de mon Prince vn acte solemnel,
Qu'il punisse le crime, aymant le Criminel. ★
Voila ce que le Ciel par ma voix vous demande:
Rodolfe est tres-puissant; vostre amour est tres-grande;

+ . Elle se
leue de
genoux.

Vos Etats, sa valeur, sa faueur, vostre foy,
Tout parle enfin pour luy; le Ciel parle pour moy:
Il doit estre dans vous, contre vne amour extréme,
Et plus fort que Rodolfe, & plus fort que vous-mesme;
Luy, qui de tant d'Etats vous a fait Souuerain,
Vous regarde aujourd'huy la balance en la main,
Pour faire à l'Vniuers en ce rang qu'il vous donne
Reluire vos vertus plus que vostre Couronne.
C'est peu d'estre nommé, d'vn titre glorieux,
Que le sang vous donna, qui vient de vos Ayeux,
Souuerain de Bourgoigne & des dix sept Prouinces;
Ajoûtez à ces noms, le plus iuste des Princes:
Qu'on vous nomme Hardy parmy les Conquerans;
L'autre nom est de Prince, & coulent mieux aux Grãds;
L'vn brille dans la paix, l'autre éclatte en la guerre;
Mais l'vn tend vers le Ciel, & l'autre vers la terre:
Vous auez combattu pour elle tant de fois;
Combattez pour le Ciel, pour nous, & pour les loix.

CHARLES.

Quel desordre en mes sens! où, flame contre flame,
Ie ne puis accorder mon cœur auec mon ame;
Où ie sents qu'il me faut, pour me rendre vainqueur,
Combattant contre moy, triompher de mon cœur:
Pouray-ie n'aymer pas Rodolfe que i'estime?
Et pouray-ie l'aymer, s'il est chargé de crime?

Mais d'vn crime, où le Ciel m'intereſſe en effeſt ?
Que feray-ie ? Rodolfe : ou pluſtôt qu'as tu fait ?
Te perdre ? Mais ſoufrir auſſi ta violence ?
C'eſt trop, amour, c'eſt trop me tenir en balance ;
Sorts enfin de mon cœur, & ce Rodolfe auſſi ;
Il eſt trop criminel ; traitons le donc ainſi.
Quoy ? qui commet vn rapt, contre vn traître m'appelle ?
Quand Rodolfe viole, il m'eſcrit d'vn Rebele ?
Et le plus criminel, ſi i'en croy ma raiſon,
Eſcrit, m'appelle, accuſe & tient l'autre en priſon.
Non, ce n'eſt pas la peur d'vne Ville ſurpriſe
Qui m'oblige à venir, Albert, ni l'entrepriſe,
Ni l'exemple de Liege à nos mutins offert,
Les ſoupçons de LOVYS, ni la lettre d'Albert :
Rien ne m'ameine icy, que cette amour inſigne
Que i'auois pour Rodolfe ; & ie l'en treuue indigne ?
Et quand i'ay ſçeu qu'Albert dreſſoit vn attentat,
I'ay pris ſoin de Mâſtric, plus que de tout l'Etat ;
Où i'auois à ſauuer dans la fureur ciuile
Vn, qui m'eſtoit plus cher que l'Eſtat ni la Ville.
Cependant ce Rodolfe ; Ah ! le puis-ie nommer ?
Le puis-ie voir encor ? puis-ie encore l'aymer ?
Ce Monſtre de faueur, à mes yeux, ſe diffame,
Trouble tout dans Mâſtric, trouble tout dans mon ame.

RODOLFE.

Ah! Seigneur, permettez dedans mon trouble außi
Que ie vous interrompe, ou que ie meure icy;
Soufrez, pour effacer cette affreuse peinture,
Que ie r'entre en ce cœur, où l'on me défigure;
Si le soupçon du vice, imposteur si puissant,
M'en chasse Criminel, que i'y r'entre Innocent.

CHARLES.

Iamais ie n'ay fermé mon cœur à l'innocence:
Parlez auec effect, ainsi que par licence;
Faites qu'à vos raisons Charles soit obligé,
Qui ne peut estre heureux, si vous n'estes purgé,

RODOLFE.

Quel procedé iamais s'est veu pareil au nostre?
Ie vous declare vn crime; on m'en impute vn autre:
Et sans purger Albert du crime declaré,
Par tesmoin, par son sein, par sa lettre aueré;
Au lieu d'examiner sa sourde intelligence,
Vous escoutez celuy qu'impose la vengeance:
D'vn complot, où Mâstric a presque esté surpris,
On a lettre, & témoin; vous escoutez des cris:
Quand il s'agit d'Albert, on parle de sa femme;
On laisse le Coûpable, & moy l'on me diffame;

Dedans le premier crime vn nouueau se confond;
Mais pesez le premier, il destruit le second;

CHARLES.

Mais le second plustôt le destruit & l'efface;
Et quant au procedé, le vostre le surpasse:
La lettre, & l'attentat dont Albert est noirci
Allarment plus l'esprit qu'il ne reste esclairci;
Y peut-on deschiffrer seulement vn Complice,
Appareil, temps, ni lieu, ni forme d'autre indice?
Il reste à confronter Rutile auec Albert;
Et nous n'obmettrons rien de tout ce qui vous sert:
Vous, presentez les moy. Mais attendant leur veuë,
Faisons que l'autre affaire au fonds nous soit connuë.
Que respondez-vous donc à ce crime intenté?

RODOLFE.

Ie respons qu'il est faux, & qu'il est inuenté?
Dequoy se plaint Matilde? & quel est donc ce crime?

FERDINAND.

Demandez le à vostre ame, où la rage l'imprime;
Vostre esprit vicieux ne le peut ignorer;
Et sa pudique voix n'ose le proferer:
Il est trop messeant en vne bouche honneste;
Sa honte & sa fureur, sans voix, font sa requeste:

Rien à se diffamer n'a porté son tourment
Qu'vn excez de pudeur & de ressentiment,
Elle soufre, à le dire, vne autre violence,
Le crime est si honteux qu'il oblige au silence,
Veut d'horreur qu'on l'estoufe, au lieu d'estre preuué :
Mais songez à l'estat où l'on vous a treuué,
Et Matilde sur tout ; diray-ie en quelle sorte ?
Sans aucun sentiment, pâmée, & comme morte.

RODOLFE.

Le crime d'vn Mary, la crainte de sa mort
Sur ses sens auoient fait ce violent effort :
Les cris qu'elle a jettez, le crime qu'elle impose
Ont pour fin la vangeance, & n'ont point d'autre cause,
Pour faire soûleuer le Peuple contre nous,
Et peut-estre acheuer les desseins d'vn Espoux ;
Dont ces cris m'ont encor fait hâter le supplice,
Par vne promte mort preuenant sa Complice ;
Ce coup promt, mais d'Estat, necessaire rendu
L'oblige de me perdre, aprés Albert perdu.

MATILDE.

Albert perdu ! qu'entends-ie ? & que vient-il de dire ?
Quoy donc ? seroit-il mort ? ah ! de crainte j'expire :
Ce coup promt, necessaire aussi peu qu'attendu
Me frappe au cœur ; me perd aprés Albert perdu :

Monſtre ſorti d'Enfer, rauiſſeur, homicide,
Acheue icy ce coup, acheue le, perfide;
Sois moy doux par fureur, & cruel par pitié;
Joints la femme au Mary, l'vne à l'autre moitié.
Mais le Ciel vient m'ayder, non le bras qui me bleſſe,
Et pour vn coup mortel ſe ſert de ma foibleſſe;
Ie meurs.

DIONEE.

Elle ſe pâme; & perd le ſentiment:
Madame!

CHARLES.

Qu'on l'enmeine en mon appartement. ★

★ Les
Gardes
l'emmei-
nent, &
puis re-
uiennent.

SCENE III.

FERDINAND, RODOLFE, CHARLES,
LEOPOLDE.

FERDINAND.

O *Mary mal-heureux! plus mal-heureuſe Femme!*
Sa mort, & ta douleur me percent iuſqu'à l'ame:
Quoy donc? Albert eſt mort? & par ta cruauté
Tu viens de nous rauir encor cette Beauté?

Ta voix, comme ta main, en meurtres est feconde;
Le recit d'vne mort en cause vne seconde;
Barbare, dont le cœur dans le vice abbatu
N'a pû souffrir icy l'vne & l'autre vertu:
Assassin de l'honneur, Bourreau de l'innocence!
Ne vous offensez pas, Seigneur, si ie l'offense;
Soufrez que ce reproche & mon ressentiment
Soient icy deuant vous son premier chatiment,
Que mettant sa faueur & son orgueil en poudre
Mon dépit soit l'éclair qui preuient vostre foudre,
Que mon couroux confonde vn traître à vostre aspect.

RODOLFE.

Ou montre vn insolent, qui sort de tout respect:
Nous sommes, Ferdinand; (c'est là tout mon refuge;)
Deuant vn si grand Maître.

FERDINAND.

                 Et deuant vostre Iuge;
Qui voit la difference entre deux Ennemis:
I'accuse vn double crime; & vous l'auez commis,
Commis l'assassinat, commis la violence:
C'est sortir du respect, tomber dans l'insolence.
Ie laisse à part le rapt & ce honteux larcin;
Et ne te poursuy plus que comme vn Assassin:
Nous enleuer Albert par vn secret supplice,
En prison, sans l'oüir, sans forme de iustice?

Le Prince eſtant ſi proche, & toutefois abſent.

CHARLES.

Comment ? perdre vn tel homme, & peut eſtre innocent ?
Quoy ? ſans luy confronter & ſa lettre, & Rutile ?
Sans attendre de plus ſon retour en la Ville ?
En matiere d'Eſtat, où l'on meſle LOVYS ?
Les Complices ainſi ſeront eſuanoüis.

RODOLFE.

Aux plus âpres tourments preferant ſes Complices
Albert, ſans les nommer, eſt mort dans les ſupplices,

FERDINAND.

Arreſte ; ne perds pas & memoire, & raiſon :
Sans nul appreſt de genne, il eſt mort en priſon ;
Peu deuant ie l'ay veu ; toy, voy ton impoſture ;
Que c'eſt aprés la mort le mettre à la torture.

RODOLFE.

N'ayant pû par ſa voix rien tirer de ſon ſein,
Par vne promte mort i'ay puni ſon deſſein ;
Tant pour le preuenir, que ſes Complices meſmes,
Que Matilde enflamoit auec des cris extrémes.
Vous auez veu le Peuple encore eſmu du bruit ;
Que voſtre ſeul reſpect a ſi ſoudain deſtruit,

E

CHARLES.

Qu'il semble que le Ciel, d'vne secrete addresse,
Icy comme au secours ait conduit Vostre ALTESSE:
Pour contenir Mâstric, prest à se souleuer,
I'ay fait mourir Albert; on vouloit le sauuer:
Et cette mort si promte & si peu meditée
Portoit à ces excez vne femme irritée;
Sans voir qu'vn Peuple esmeu, ces cris, & ces excez,
Mesme aprés Albert, mort luy faisoient son procez.

FERDINAND.

Mesme aprés Albert mort? Ah! tu te vas confondre;
Pense à ce que tu dis, que viens-tu de répondre?
Ton iugement s'esgare, & tu fais vn faux pas:
Pleuroit-elle vne mort, qu'elle ne sçauoit pas?
Qui tantôt l'a surprise & montrée ignorante?
Sa pâmoison en est vne preuue apparente.

CHARLES.

Cette mort ignorée, & que tu nous décris,
Portoit doncque Matilde à ces pleurs, à ces cris:
Et pour les empescher, si nous te voulons croire,
Tu fais mourir Albert: Parle auec ta memoire,
Accorde ta parole, & ne te desments pas:
Donc Matilde crioit, mesme auant ce trespas:
Mais comment se peut-il? & qu'vne mesme chose
Soit dans vn mesme temps & l'effect, & la cause?

Les cris causent la mort, la mort cause les cris :
Connoy cette imposture, & reprens tes esprits.

FERDINAND.

Pour empescher ces cris, tu punis le Rebele :
Matilde crioit donc, & pourquoy crioit-elle ?

RODOLFE.†

† (y réuant)

C'estoit . . . . .

CHARLES.

N'acheue pas ce faux raisonnement ;
Ie parleray pour toy dans ton estonnement ;
Le Ciel m'ouurant l'esprit y répend sa lumiere,
C'estoit pour repousser son injure premiere,
Pour vanger son honneur, que ton crime a raui ;
Et que la mort d'Albert de bien prés a suiui,
Coûpable seulement pour contenter ta flame,
Et coûpable d'auoir vne trop belle femme :
J'apprens, comme du Ciel, de ta confusion,
Que l'innocent n'est mort qu'à cette occasion.
Quel trouble dans mon cœur cause ton insolence !
Albert, Matilde, & moy, soufrons ta violence :
Plus qu'on ne dit coûpable, & plus que tu ne crois,
De deux crimes attaint, ie te charge de trois :
Albert assassiné, Matilde violée
Aux deux crimes ont joint mon amour immolée ;

E ij

J'ajoute à cette amour que ie ne puis bannir :
Les tourments que i'auray moy-mesme à te punir :
Ouy, cette violence en moy seul est estrange :
Deux offensez icy paroissent ; on les vange :
Mais qui punit le crime, & qui doit les vanger
Soufre pour le Coûpable, auant que le iuger ;
Aymant le Criminel autant que sa personne
Le Iuge soufrira la peine qu'il ordonne.
N'importe ; il faut punir & Rodolfe, & mon Cœur,
Traiter ces Criminels tous deux à la rigueur ;
Luy, d'auoir à son vice immolé deux victimes ;
Mon cœur, d'auoir aymé le sien si plein de crimes.
L'amour m'arreste encore, & me dit ; Pardonnons :
Mais le Ciel dit ; Condamne. Il le faut ; condannons.
Leopolde, menez. ... Meiner celuy que i'ayme ?
Ouy, menez dans la Tour & Rutile, & luy-mesme ;
Qu'on l'oste. Allons, mon cœur, pour la derniere fois
Souspirer pour celuy que condamne ma voix.

Fin du second Acte.

ACTE III

SCENE PREMIERE

FREDEGONDE, CHARLES, MATILDE, FERDINAND,
LEOPOLDE, DIONEE.

FREDEGONDE.

Prosternée à vos pieds, dans ce deuoir rangée,
Daignez, grand Prince, oüir vne Mere affligée;
Qui ne vient point icy par des tons languissans
Attendrir voftre cœur, & corrompre vos sens;
Rodolfe a trop failli, sa peine eft legitime;
Et moy-mefme pour luy ie confesse son crime:
Cesse toute autre preuue, il n'en eft pas besoin;
Pourroit-il le nier? sa Mere en eft tefmoin.
Matilde au trifte eftat où ie la vis réduite
Reconnut ma douleur, ma pitié, ma conduite;
Sçait qu'en sa pâmoison, par tout ce que ie fis,
Je luy feruis de Mere, & renonçay mon Fils;

Que ie fus son secours en ce crime effroyable;
Qu'autant qu'il fut cruel ie luy fus pitoyable;
Que morte entre mes bras, qui furent son appuy,
Par ma charité seule elle vit aujourd'huy.
Elle poursuit mon Fils; ingrate & iuste enuie!
Aura-t'elle sa mort? Elle me doit la vie:
Voy nostre sort, Matilde, & par de iustes loix
Ce qu'on doit à Rodolfe, & ce que tu me dois;
S'il faut que l'on te vange, & qu'on me satisface,
Il merite la mort, ie merite sa grace:
Considerez la Mere, en punissant le Fils;
Ce que ie fay, Seigneur; & vous, ce que ie fis.

CHARLES.

Ah! c'est trop; leuez vous.

MATILDE.

Que faites-vous, Madame?

FREDEGONDE.

Ie fay renaître vn Fils, déja mort dans vostre ame;
Ie repare son crime, & vostre honneur blessé;
Et tâchant d'appaiser le Prince interessé,
Pour retenir le bras sous qui déja ie tremble,
Ie satisfay le Iuge & la Partie ensemble.

CHARLES.

En l'eſtat où vous met ſon crime, & voſtre ennuy,
C'eſt trop pour vous, Madame, & c'eſt trop peu pour luy.

MATILDE.

Implorer ma pitié, me plaindre en ma miſere
C'eſt flatter ma douleur, non pas me ſatisfaire;
Il s'agit de vangeance, & de punitions,
De ſupplices, de mort, non de ſoûmiſſions.
Dans le crime d'vn Fils ſi vous fûtes pieuſe,
Que vous doy-ie, aprés tout, qu'vne vie odieuſe?
Je vous doy pleurs, ſoûpirs, cris, & gemiſſements;
Ie vous doy... Que vous doy-ie? Enfin tous mes tourmẽts:
Ie m'eſcrie à tous coups, honteuſe & deſolée;
Ah! rendez-moy la mort que vous m'auez volée,
Rendez-moy par pitié celle qui fut mon bien;
I'auray la paix des ſens, & ne vous deuray rien:
Ouy, la mort en effect m'eſtoit lors fauorable,
Vne grace du Ciel à mes vœux exorable;
Par vn cruel office on me vint ſecourir
Lors qu'il m'eſtoit honneſte & plus doux de mourir:
Que dy-ie? i'eſtois morte; & l'on me rend la vie,
Pour la voir de mal-heurs & de honte ſuiuie:
Que ce trait de pitié fut cruel à mon cœur,
Qui me rendit les ſens, ayant perdu l'honneur!

Puis que ce mal pourtant croît plus on le raconte,
Ie n'ose rafraichir ce crime ni ma honte :
Mais d'autres interests m'arment pour d'autres coups:
Ie donne mon honneur ; rendez moy mon Epoux ;
Son trespas, de Rodolfe est le dernier ouurage ;
Si l'on pardonne au vice , il faut punir la rage ;
Que qui dût à l'honneur paye à l'assassinat.

FREDEGONDE.

Dans vn crime eust on creu qu'vn autre s'enchainât ?
Quand ie parle pour l'vn , l'autre me vient surprendre:
Lequel doy-ie laisser ? lequel doy-ie deffendre ?
L'vn ou l'autre le perd ; & dans ce choix douteux,
Confondant mon esprit ils me perdent tous deux.
Seigneur , si vous l'aymez, si ma Sœur fut aymée ...
Ah ! pardonnez ce mot à mon ame allarmée ;
Pensez qu'il est mon Fils : Helas ! diray-ie plus ?
Il est.... Lisez le reste en mon esprit confus.

CHARLES.

Son crime confond tout , & raison, & priere :
Qu'il cesse d'estre Fils ; ou cessez d'estre Mere.

FREDEGONDE.

Si ie cessois de l'estre ; ah ! sçachant ce qu'il est,
Vous en auriez pitié. Mais ce mot vous déplaît ;

Et

Et peut-eſtre ma voix, peut-eſtre mon viſage :
Taiſons-nous donc; mes pleurs, dittes-en dauantage;

CHARLES.

Que ſa voix, que ſes yeux ont de force ſur moy !
Quoy ? mon cœur, tu te rends ? des pleurs te font la loy?
Non; domtons ma douleur, forçons cette tendreſſe,
Et ſortons du combat par force, ou par adreſſe :
Ah ! contre tant de trais ie me ſents r'aſſurer :
Suiuons l'ordre du Ciel qu'il ſemble m'inſpirer;
Mon eſprit en reçoit des lumieres nouuelles
Qui pouront accorder ma Juſtice auec elles.

FREDEGONDE.

Conſiderez mes maux.

CHARLES.

Ie les voy, ie les ſents.

MATILDE.

Vangez les miens.

CHARLES.

Vangeons les Morts, les Innocents.

FREDEGONDE.

Rodolfe mourroit-il ?

F

CHARLES.

Ie veux, il faut qu'il viue.

MATILDE.

Mais las ! Albert est mort.

CHARLES.

Il faut donc qu'il le suiue.

FREDEGONDE.

Que m'auez vous promis ? tirez nous de soucy.

CHARLES.

Ie vous obligeray.

MATILDE.

Iuste Ciel !

CHARLES.

Vous aussi.

MATILDE.

Obliger l'vne & l'autre, en vn dessein contraire,
Sur des vœux differents ? hé ! qui pouroit le faire ?

CHARLES.

Celuy que dans vos vœux vous auez reclamé ;
Le Ciel ; & mon esprit, par luy-mesme enflamé :
Vous deuez de tous deux respecter l'ordonnance.

MATILDE.

Admirer la Iustice.

FREDEGONDE.

Admirer la Clemence.

CHARLES.

Dans vn partage égal, mon esprit combattu
Suiura pour vos desirs l'vne & l'autre Vertu.
L'offense de Rodolfe en deux chefs est tres-grande ;
Il a raui l'honneur ; l'ordonne qu'il le rende ,
Qu'à Matilde, d'Albert il repare le sort ,
Enuers celle qui vit, l'outrage fait au Mort :
Comme il doit satisfaire encore à ma Iustice ;
Ie reserue à mes droits la grace, ou le supplice.

MATILDE.

Faites donc reparer par vn si iuste Arrest
Et la perte d'Albert , & mon propre interest ;
Donnez teste pour teste.

CHALES.

Et bien, ie vous le donne :
Il faut qu'il vous eſpouſe : & c'eſt ce que i'ordonne.

MATILDE.

Qu'il m'eſpouſe ? vn, qui tient mon honneur aſſerui ?

CHARLES.

Ouy ; pour vous rendre enfin ce qu'il vous a raui.

MATILDE.

Luy ? l'Aſſaßin d'Albert ? la faueur qui m'opprime
Rend l'horreur de l'Arreſt plus grande que du crime.
Qu'il m'eſpouſe ?

CHARLES.

Il la faut. Sa perſonne & ſes biens,
Sa grandeur, ſon pouuoir, le rang où ie le tiens,
Se pourront meſurer à voſtre double perte ;
En la mort d'vn Eſpoux en voſtre honneur ſouferte.

FERDINAND.

Sa teſte eſt le ſeul bien qui reſpond à ſes vœux.

CHRLES.

Ie pretends l'obleger : aprés tout, Ie le veux.

MATILDE.

Vous voulez donc aussi ma vie en sacrifice :
Bien tost mon desespoir vous rendra cet office.

FERDINAND.

Pour grace, accordez luy la liberté des pleurs ;
Et quelque temps au moins à plaindre ses mal-heurs.

CHARLES.

Ie veux qu'on les marie à present, & sur l'heure :
Son honneur plus languit, plus de temps elle pleure,
Ie tarde à le luy rendre, & c'est trop qu'vn moment,
Ie croy plus l'obliger, plus ie vay promtement,
Moins j'attends, moins de temps elle est deshonorée,
Et c'est vne faueur, qui dûst estre implorée.
Ie veux que tout assiste, & la Ville, & ma Cour,
A la ceremonie aux pompes de ce iour ;
Que le Contract tandis se minute & se dresse,
Auecque cette clause & cette charge expresse
Que le bien en commun reste au dernier viuant.

FREDEGONDE.

Du moins la dot est belle.

FERDINAND.

       Et l'Arrest deceuant :

MATILDE

Rodolfe l'aura tout, son crime est profitable,
Et ma mort va conclure un Arrest équitable.
Ferdinand, à ce coup il me faut secourir;
Faites le reuoquer, ou ie m'en vay mourir.

FERDINAND

Ah! Madame.... Elle part, son desespoir l'emporte.

CHARLES

Vous aurez vostre Fils Leopolde, qu'il sorte;
Escoutez.

FREDEGONDE

Quelle grace! où ie l'esperois moins.

CHARLES

Disposez tout, Madame, & secondez mes soins.

Fredegonde s'en va auec Leopolde, pour tirer Rodolfe de prison.

SCENE II

FERDINAND, CHARLES.

FERDINAND.

L'Vne est au desespoir, lors que l'autre est contente,
Que cet Arrest, Seigneur, remplit mal nôtre attēte!
Il punit l'Innocence, & semble l'estouffer,
Pour faire auec esclat deux crimes triompher:
Dans le sang la Iustice, & Matilde se noye;
Le Coûpable est puni seulement par la joye;
L'assassinat d'Albert, loin d'estre reparé,
Met encore en son lict qui l'a deshonoré:
O Ciel! qui l'auroit creu?

CHARLES.

Comme vous j'en soûpire:
Mais ce Ciel inuoqué l'appreuue, & me l'inspire.

FERDINAND.

Si vous sentez au cœur vn secret mouuement,
Le Ciel ne le fait pas; c'est l'amour seulement:

Rodolfe & sa faueur ont vostre ame seduite,
Luy font creuser le goufre où Matilde est reduite:
Voulez-vous l'enrichir d'vn funeste present?
Que le boureau d'Albert triomphe en l'espousant?
Que dira l'Vniuers, qui vous croit équitable,
D'vn IVGEMENT cruel, horrible, épouuentable.

CHARLES.

Que direz-vous plustost, si mon integrité
Par luy me dresse vn Temple à la posterité?
Si l'Vniuers vn iour, si mesme les Theâtres
Doiuent de ma Iustice estre les Idolâtres?
Apprenez qu'elle seule a regné dans mon cœur,
A tout fait pour Matilde, & rien pour la faueur:
Vous l'accusez tous deux pour punir ce blasfeme,
Ouy, vous l'admirerez, & Matilde, & vous-méme.
Pour rendre cependant cet Hymen accompli,
Pour voir l'Arrest du Ciel, pour voir le mien rempli,
Vous, qui seruez Matilde & sentez son outrage,
Allez à cet Hymen disposer son courage.

FERDINAND.

Moy? Seigneur: Ah! plustost ordonnez moy la mort.

CHARLES.

Vous seul sur son esprit ferez ce grand effort.

Non;

FERDINAND.

Non, de tous les Mortels i'en suis le moins capable.

CHARLES.

Et, n'obeiſſant pas, auſſi le plus coûpable.

FERDINAND.

Ie la reſpecte trop.

CHARLES.

Voſtre Prince trop peu :
Mais ſçachez, Ferdinand, qu'on perd tout à ce jeu.

FERDINAND.

En vous obeiſſant ie perdrois plus encore.

CHARLES.

Ie ſoupçonne à ces mots le mal qui le deuore;   [bien?
Il l'ayme. Enfin, c'eſt trop : N'aymez-vous pas ſon

FERDINAND.

Plus que ma propre vie, & bien plus que le mien.

CHARLES.

Doncques obligez l'vne, & n'offenſez pas l'autre.

G

FERDINAND.

Son interest me lie.

CHARLES.

Ah ! c'est plustôt le vôtre :
Ces feux , que le respect cache , & montre allumez,
A me desobeir font voir que vous l'aymez :
Mais , sans examiner les secrets de mon ame ,
A ce commandement immolez vostre flame ;
Seruez moy , seruez la , mesme en vous trahissant ;
Contre vos interests , qu'vn cœur obeissant ,
Au moins lors qu'il la perd, se montre digne d'elle.
Voyons Rutile ; allons ; autre affaire m'appelle.

SCENE III.

FERDINAND. *seul.*

A H ! quel commandement ! qu'il est rude, & puissant!
Seruez moy, seruez la, mesme en vous trahissant;
Ie suiurois cette loy dans sa rigueur extréme ,
Si ie ne trahissois en cela que moy-méme ;
Si ie ne trahissois Albert , & son mal-heur ;
Si ie ne trahissois Matilde , & sa douleur.

Charles l'ordonne : O fort ! que faut il que ie fasse ?
Obeir. Contre moy ? contre eux ? Mais il menasse ;
Ie perdray tout. Perdons ; mourons ; mon cœur est prest ;
L'intrest de Matilde est mon seul interest :
Quoy ? moy-mesme en son sein mettre vn qui la diffame ?
Charles me le commande, & Charles sçait ma flame.
Donc, ie dois la gagner ? l'offrir au suborneur ?
En faire vn sacrifice offert à son honneur ?
Honneur, victoire ensemble & le prix d'vn Barbare ;
Honneur, qu'vn crime perd, & qu'vn plus grand repare !
Jcy l'amour fera ce que l'amour deffend.
Soufre, languy, Vertu ; le vice est triomphant :
Triomphe donc, Rodolfe, aux dépens de ma flame.
Voicy ce digne Espoux : Allons querir sa Femme.

SCENE IV.

LEOPOLDE, GARDES, RODOLFE, FREDEGONDE.

LEOPOLDE.

Apres qu'vn de ses Gardes luy a parlé à l'oreille.

Qve veut de moy le Prince, & ce commandement ?
Ie reuiens sur mes pas ; attendez vn moment :

C'est quelque ordre qui presse, & qu'il me faut apprēdre.
Vous poureʒ auec eux, Gardes, aussi m'attendre. *

FREDEGONDE.

Puis que de vostre Hymen les appressts sont si courts,
Prenons ce temps, Rodolfe, acheuons nos discours.

RODOLFE.

Pour me persuader n'vseʒ plus d'artifice:
Mon crime heureux me rend vn fauorable office;
Il me donne à Matilde; & sa possession,
Qui deuroit estre vn prix, est ma punition;
Contre toute apparence, & les loix qu'on supprime,
La faueur n'a iamais mieux couronné le crime:
Ne me le dittes plus, ni toutes ces raisons
Qui font l'hymen égal d'inegales Maisons:
Madame, ie les sçay; mais ie sçay mieux encore
Combien vaut cet Hymen, par vn poinct qu'on ignore.
Malgré tous mes efforts, & son opinion,
Matilde toute pure entre en cette vnion;
Son honneur est entier; & dans cette occurrence,
Si l'hymen le luy rend, ce n'est qu'en apparence;
Vostre abord empéchant mon crime, & son mal-heur,
A laissé de ce rapt seulement la couleur;
Le Ciel, qui regarda sa vertu dans mon crime,
En detourna l'effect, qui deuient legitime,

Et m'ôtant un tresor qu'il me vouloit ceder
Me le fit perdre alors pour le mieux posseder.

FREDEGONDE.

Quoy? Matilde est sans tache? elle est pure?

RODOLFE.

Ouy, Madame;
Autant que du Soleil la lumiere & la flame.

FREDEGONDE.

I'admire les destins, & le soin qu'ils ont eu:
Quoy? sans elle le Ciel a gardé sa vertu?
Sauué sa pureté, sauué son innocence?

RODOLFE.

Contre moy, dans mes bras, & contre sa creance.

FREDEGONDE.

Contre la mienne aussi, contre la foy des yeux:
Donc l'honneur de Matilde est l'ouurage des Cieux!
Leur grace, leur pouuoir paroît visible en elle.
Mais que n'a point commis mon amour maternelle?
I'ay confessé ton crime; & le Ciel par ce soin
A rendu contre toy ta Mere faux témoin:
Pour éclaircir l'erreur dans l'erreur ie me plonge;
La verité parlant proferoit vn mensonge;

Et t'offençant par où i'ay creu te conſeruer,
I'ay failli de te perdre, afin de te ſauuer.
Mais ma confeßion fauſſe autant qu'ingenuë,
Par le menſonge meſme, a ta grace obtenuë;
Par mes pleurs attendri, par ton crime trompé
Charles leuoit le bras, mais il n'a pas frappé.

RODOLFE.

Que i'ayme ſon erreur, & le nœud qui m'engage !
Puis que ce crime feint cauſe ce mariage,
Que Matilde par là croit ſon honneur rendu;
Que de grace me vient d'vn crime pretendu !
Ma feinte à cet effect fut bien priſe, & couuerte;
Et ie doy mon ſalut à mon crime, à ma perte :
Faux crime, douce erreur, d'où mes biens ſont cauſez,
Tiens moy toûjours coûpable, eux toûjours abuſez.

SCENE V.

RODOLFE, LEOPOLDE, GARDES, FREDEGONDE.

RODOLFE.

L Eopolde, yrons-nous où le Prince m'appelle ?

LEOPOLDE

Il vous attend, Seigneur, luy-mesme en la Chappelle ;
Où brille autour de luy tout Mâstric assemblé ;
Tout le Château, de Peuple, & de joye est comblé ;
Les Dames & la Cour, auec ceremonie,
Sont là pour voir Matilde auecque vous vnie ;
Qui pleure dans la joye elle seule entre tous ;
Ferdinand la conduit ; & l'on n'attend que vous,
Pour voir l'heureuse fin d'vn effect si tragique ;
Matilde & luy dehors, l'allegresse est publique.

RODOLFE.

Le Prince ?

LEOPOLDE

A l'augmenter se porte auec ardeur ;
Et pour marquer ce iour, comme vostre Grandeur,
Afin qu'à son accueil la pompe soit égale,
Il a fait preparer le Theatre, & la sale.

RODOLFE.

Qu'auroit-on de nouueau, pour y representer ?

FREDERIC.

Qu'a pû pour ses plaisirs le Theatre inuenter ?
Vn Ballet ?

LEOPOLDE.

Non, pluſtôt c'eſt vne Tragedie.

RODOLFE.

La Piece ?

LEOPOLDE.

On la prepare ; elle eſt grande, & hardie.

RODOLFE.

Les Acteurs, qui ſont-ils ?

LEPOLDE.

Moy, d'autres à leur tour ;
Ce ſeront, en vn mot, les plus grands de la Cour.

RODOLFE.

Elle eſt ſceuë ?

LEOPOLDE.

Aſſez mal ; on l'étudie encore ;
Et tel y doit joüer vn rôle qu'il ignore.

RODOLFE.

Le voſtre ?

                                        Ie le

LEOPOLDE.

Ie le ſçay, mais on m'a fort aydé :
Pour mieux m'inſtruire encor Charles m'auois mandé :
Pour renforcer la fin , la remplir dauantage ,
Il y veut ajoûter encore vn Perſonnage.

RODOLFE.

Son nom ?

LEOPOLDE.

Ne ſe dit pas : c'eſt aſſez, qu'entre-nous
Vous ſçachiez qu'il doit faire vne Scene auec vous.

RODOLFE.

Vne Scene auec moy ?

LEOPOLDE.

Mais la plus importante :
C'eſt pourquoy depéchons ; le Prince eſt en attente ;
C'eſt trop tarder ; il preſſe ; & mon ordre eſt exprés ;
Afin d'aller à l'autre , & d'y vaquer aprés.

FREDEGONDE.

Mes larmes ont enfin diſſipé le nuage :
Allons donc terminer cet heureux mariage.

H

RODOLFE.

Allons, heureux Amant, joüir auec transport,
D'vn don de la faueur, de mon Prince, du sort.

Fin du troisiesme Acte.

ACTE IIII.

SCENE PREMIERE.

FREDERIC, LEOPOLDE, GARDES.

FREDERIC.

R *Vtile m'a trahi? quay? ce lâche, ce traitre?*
Funeste à qui s'en sert, & funeste à son Maitre?
Qu'vn gain leger inuite à quiter le premier,
Et qu'vne lâche peur fait trahir le dernier?
Ce perfide, joignant ses interests aux nostres,
Semble s'estre accusé, pour en accuser d'autres;
Ce lâche, en perissant, cherche auec qui perir;
Il s'expose à la mort, de crainte de mourir;
Il se feint vertueux par vn coup de foiblesse,
Fait passer pour remors la crainte qui le blesse,
Se trahit pour nous perdre, & sa confession
Pour le sauuer affecte vne punition:
Nous a-t'il bien osé dresser cette partie?
L'Imposteur!

H ij

LEOPOLDE.

SON ALTESSE est de tout auertie,
Et l'vn & l'autre crime enfin est declaré,
Rodolfe confondu l'a tantost reparé :
Que voudriez-vous nier ? ce soin est inutile ,
L'vn est sçeu par sa Mere , & l'autre par. Rutile :
Il a tout découuert , ses regrets , ses remors
Luy faisant sans mourir endurer mille morts ,
On eust dit auecluy la Vertu criminelle ,
Qu'vn crime l'imitoit , ou se changeoit en elle ,
Qu'elle se condannant par vn effors pieux ,
Et parloit par sa bouche , & pleuroit par ses yeux :
Le Prince aussi touché de pitié de sa peine ,
Qui voit qu'en ce remors toute autre seroit vaine ,
Au crime mesurant l'excez du châtiment
Console le Coûpable , & flatte son tourment ,
Par vn trait de douceur se montrans plus seuere ,
Il l'abandonne enfin à sa propre misere :
Rutile , deuenu son Iuge & son Bourreau ,
R'entre dedans la Tour , & meurt sur le carreau ,
Estoufé de sanglots & noyé dans ses larmes ,
Laissant , comme d'horreur , sa mort pleine de charmes.
Iugez si son remors par vous seul soupçonné
Attendoit le pardon qu'il ne s'est pas donné ,
S'il chercha par dessein sa grace dans la vostre ,
Si la peur le jetta dessous l'appuy d'vn autre ;

Si mourant de regrets, de remors combattu,
Sa mort est vn effect de crainte, ou de vertu.

FREDERIC.

C'est vn effect d'vn cœur lâche & plein d'artifice,
Que la douleur saisit & la peur du supplice.

LEOPOLDE.

Le Prince contre luy n'en a point ordonné :
Il s'est treuué puni, mais non pas condanné.

FREDERIC.

Assez est condamné qui se punit soy-mesme.

LEOPOLDE.

Sans attendre autre arrest faites en donc de mesme :
Vostre teste est en butte à de plus rudes coups ;
La foudre ne peut plus tomber que dessus vous ;
Charles la tient en main, déja son bras s'appréte ;
Et ie voy sur vous seul fondre cette tempeste :
Rodolfe en sa clemence a treuué son appuy ;
Et vous deuez payer pour Rutile & pour luy.

FREDERIC.

Si Rodolfe est sauué ; fonde cette tempeste :
Vous auez mon espée ; allons donner ma teste :

Ie ne refiste plus, ie confeffe plus qu'eux;
Ie fuis le Criminel, & pay'ray pour tous deux:
Mon esprit en deffeins, comme en vices, fertile
A corrompu Rodolfe, a suborné Rutile;
Et ce cruel esprit, cet esprit de fureur
A fait mourir Albert, & rempli tout d'horreur:
La voila, cette main, dedans son sang trempee:
Par qui fut sourdement la Victime frappee;
La main suiuit l'esprit; l'Enfer les suscita;
L'vn donna le conseil, l'autre l'executa.
Eft-ce affez pour mourir? mon crime eft exemplaire,
Rodolfe n'a rien fait que de me laiffer faire;
Ie luy rends, comme à moy, iuftice en confeffant;
Et ie fuis Criminel, comme il eft Innocent:
Sa plus haute Innocence eft pourtant ignoree:
Matilde fauffement fe croit deshonoree,
Se tient perduë à tort, luy coupable en foupçon;
Et Charles eft trompé d'vne & d'autre façon.

LEOPOLDE.

O Ciel! que dittes-vous?

FREDERIC.

Vne chofe affuree.

LEOPOLDE.

L'offenfe l'eft bien plus, par fa Mere aueree;

Fredegonde elle mesme a confessé le faict.

FREDERIC.

Fredegonde a plus dit, & creu plus qu'il n'a fait :
Toutes deux, pour le vray, n'ont pris que l'apparence ;
Et Rodolfe à dessein nourit leur ignorance.

LEOPOLDE.

Ignorance pourtant, dont l'hymen est le fruict ;
Il suppose le crime, & le paye, & le suit.
Rodolfe en cet instant prend Matilde pour femme :
Qui repare, se dit coupable dans son ame ;
Si le crime estoit faux, s'il n'estoit assuré,
Luy rendroit-il l'honneur ? l'auroit-il reparé ?

FREDERIC.

Il épouse Matilde ? & c'est ce qu'il demande ;
Il épouse Matilde ? Ah ! que sa joye est grande !

LEOPOLDE.

Ce qu'a sceu tout Mâstric, quoy donc ? l'ignorez-vous ?

FREDERIC.

Ces effets sont si promts, bien que connus de tous,
Qu'estant allé mettre ordre aux portes de la Ville
I'ay de vous seul appris la prison de Rutile.

CHARLES.

Rodolfe eſt marié ?

LEOPOLDE.

Déja meſme au feſtin.

FREDERIC.

Que ie m'eſtime heureux, par ſon propre deſtin !
Si le mien eſt cruel, l'autre me plaît de ſorte
Qu'il n'eſt point de douleur que ce plaiſir n'emporte :
Ciel ! ie ſuiuray content ce que vous reſoudrez.

LEOPOLDE.

Allons donc.

FREDERIC.

A la mort, par tout où vous voudrez.

SCENE

SCENE II

FERDINAND.

Que voy ie ? Frederic, que Leopolde emmeine ?
Quoy ? Rodolfe triomphe, & laisse l'autre en peine ?
Dans le luxe & la joye il nage maintenant ;
Et l'on tient d'autre part saisi son Lieutenant ?
L'vn soufre les tourments que l'autre dust attendre ?
Quel caprices du sort ! qui pouroit les comprendre ?
CHARLES, par des effects qui trompent le plus fin,
Semble confondre tout ; auecque le destin ;
De mesme qu'vn éclair, qui luit pour disparaître,
Sa Iustice menasse, & puis espargne vn traître.
Qu'ay-ie dit ? il l'espargne ? en soufrant cette loy
Nous croirons que c'est peu pour Matilde & pour moy ;
Mais il le recompense, & la luy donne encore ;
Mais Matilde est le prix du crime qu'elle abhorre :
Contre mes interests eloquent & trop fort
Enfin ie l'ay portée à l'hymen, à ma mort :
Ie l'ayme sans espoir, lors qu'Albert la possede ;
Quand ie puis l'esperer, ie la donne & la cede ;

I

Et telle est la rigueur de mon sort amoureux,
Que ma foy, mon mal-heur fait par tout des heureux.
Mais c'est trop contre moy faire le magnanime,
Soyons le à d'autres coups, & punissons le crime,
Ayant sacrifié MATILDE à son honneur,
Sacrifions au mien vn traître, vn suborneur,
Allons chercher Rodolfe, & d'vne main armee
Vangeons ensemble Albert, & l'Amant, & l'aymee,
Par vn coup genereux, & du Ciel ordonné,
Otons luy ce tresor, que nous auons donné,
Ayant sauué par là l'honneur d'vne Maîtresse,
Sauuons la, par ce coup, d'vne main qui l'oppresse,
Iustifions le Ciel, & nous, par son trespas,
En faisant qu'il l'espouse, & n'en joüisse pas.
Qu'il meure donc, l'honneur, le Ciel me le commande,
Allons verser son sang, Albert, me le demande,
Allons, pour contenter son Ombre, & mes desirs,
Immoler sa Victime au milieu des plaisirs,
Sauuons, sauuons Matilde, allons, l'heure nous presse.

SCENE III.

DIONEE, FERDINAND.

DIONEE.

OVy, venez, sauuez la; vers vous elle m'addresse;
Elle attend & demande encor vostre secours.

FERDINAND.

Il est prest, Dionée ; il est iuste; & j'y cours;
Son bonneur est sauué; sauuons donc mon estime;
Ce sacrifice attend la derniere victime,
Par la mort de Rodolfe il doit estre acheué;
Le coup en est tout prest, & i'ay le bras leué;
Mon cœur, auant le fer, dedans son sang se noye;
Il ne joüira pas, le traitre, de sa proye;
L'honneur la luy ceda; qu'il la rende à l'honneur:
Va reprendre, mon bras, ce que i'ote à mon cœur;
Suiuons contre vn deuoir, vn deuoir necessaire;
Retirons la des mains d'vn violent Corsaire.
N'est-ce pas le secours que de nous elle attend?

DIONEE.

Non; vn plus difficile, & tous autre pourtant;

I ij

A son dernier essay doit esleuer vostre ame;
Puis que c'est pour Rodolfe, & contre vostre flame.

FERDINAND.

Quoy? pour Rodolfe? au poinct de le priuer du iour?
Que reste-t'il à faire encore à mon amour?

DIONEE.

Beaucoup plus que n'a fait toute vostre constance;
Puis qu'il faut contre vous prester vostre assistance.

FERDINAND.

Contre moy? Parle donc, j'y suis accoûtumé:
Que veut-elle d'un cœur à demi consumé?
Faut il, pour contenter mon sort, & son enuie,
Perdre aux yeux de Rodolfe & l'amour & la vie?
Allons, mon desespoir, montrons par cet effort
Que rien n'a declaré mon amour que la mort.

DIONEE.

Cet effort trop cruel en vain luy viendroit dire
Ce qu'elle a recognu, qu'elle sçait, qu'elle admire.

FERDINAND.

Elle sçait mon amour? Qu'ay ie fait? mal heureux,
Pour perdre ainsi le fruict de mes soins amoureux?

Quoy? ma flame & ma foy sont par là ruinees?
Quoy? ie perds en vn iour les maux de six annees?
Tant de muets tourments, tant de vœux, de respects
Perdront donc leur merite, & deuiendront suspects?
Ah! Charles! de tous poincts vous conspirez ma perte;
Vous connûtes ma flame, & l'auez desconuerte:
Matilde la sçait donc? elle sçait mon ennuy?
On a trahi mon cœur? C'est Charles, ouy, c'est luy.

DIONEE.

Non, ce n'est pas le Prince.

FERDINAND.

     Et qui donc? Dionée:
Par qui fut mon amour connuë ou soupçonnée?
Qui fit lire Matilde en mes intentions?

DIONEE.

C'est moy-mesme, c'est vous, ce sont vos actions;
Par elles, elle a veu combien elle est aymee;
Et ie l'ay sur ce poinct moy-mesme confirmee;
Elle sçait vostre amour, en admire l'excez;
Pouuiez-vous en attendre vn plus heureux succez?

FERDINAND.

Quoy qu'elle ait pû connoître, ah! tu deuois te taire:
Ay-je fait action, qui ne fust vn mistere?

Action, qui ne fuft, pour cacher mon tourment,
Et contraire à l'amour, & contraire à l'Amant?
Reparons ton erreur, allons perdre la vie;
Comme mon defefpoir, ta faute m'y conuie:
Sans perdre, à t'accufer, le temps de mon trefpas,
Ma plainte eft en ma main.

DIONEE.

Ne defefperez pas.

FERDINAND.

Pour conferuer Matilde, & pour fa deliurance,
Puis-ie ailleurs qu'en mon bras treuuer de l'efperance?

DIONEE.

Ah! fi vous m'efcoutiez......

FERDINAND.

Parle; n'eft-elle pas?....

DIONEE.

Ouy, femme de Rodolfe.

FERDINAND.

Et déja dans fes bras?

DIONEE.

Non, elle en est tiree, & n'y doit iamais estre,
Et le Ciel la conserue, en despit de ce traître,
La faueur n'a rien pû contre vne telle loy.

FERDINAND.

O Dieu! que me dis-tu?

DIONEE.

Beaucoup: escoutez moy.
Sorti du lieu sacré, de la ceremonie
Sur vn si grand hymen ordonnee & finie,
Charles voulant ce iour tout conduire à sa fin
Auoit déja quité la table & le festin:
Son soin agit par tout, les Dames conuiees
Sont auecque Matilde en la salle enuoyees,
Tandis qu'auec Rodolfe il va faire apprester
La Piece qu'au Theatre on doit representer.
Déja dedans la salle en attente laissees,
Et sur des eschaffaux superbement placees,
Les Dames témoignoient vn desir curieux
De prester aux Acteurs & l'oreille & les yeux.
Le Prince reuenu voyant ce grand silence,
Leurs esprits suspendus, leurs desirs en balance,
Immobile, réueur, & quelque peu confus:
Tout est prest, sus, dit-il, mon cœur, ne tardons plus.

CHARLES.

Il se leue, il fait signe : On ouure le Theâtre.
On void sur le deuant un grand tapis s'abbattre ;
De flambeaux esclairans les deux côtez bordez ;
Deux hommes au milieu ; dont l'un, les yeux bandez,
Teste nuë, à genoux, le col sous une lâme,
Alloit dans un moment rendre le sang & l'ame :
L'autre pour un tel coup tirant le coutelas
N'attend que le final, que Charles ne fait pas.
Ce spectacle nous tient dans une peine extréme
Fredegonde s'escrie, & Matilde de mesme.

FERDINAND

O foiblesse de femme ! ô spectacle imposteur !
Pourquoy doncque ces cris ? pour sauuer un Acteur ?
Quel soin !

DIONEE

C'estoit Rodolfe, ouy, Rodolfe en personne.

FERDINAND.

Ah ! ce discours enfin me surprend & m'étonne :
C'estoit Rodolfe ? ô Ciel !

DIONEE.

    Tout ce pompeux apprest
S'estoit fait pour sa mort, & pour ce grand Arrest.

          FERD.

FERDINAND

Rodolfe ? dans la pompe, au poinct d'vne conqueste ?

DIONEE.

A qui le bourreau prest deuoit trancher la teste.

FERDINAND.

Quel reuers de fortune ! estrange changement !
Quel esprit eûst conceu ce diuin IVGEMENT,
Charles, que ta Iustice est haute, & merueilleuse !
Que Rodolfe la treuue obscure & perilleuse !
Dans son iuste mal-heur ie le plains, & son sort,
Que ce coup est fatal ! Mais enfin est-il mort ?

DIONEE.

Comme l'on attendoit encore pour le reste,
L'ordre dernier du Prince & ce signe funeste,
Des Dames assiegé, battu de leurs accens,
Et forcé du combat qu'il souffroit dans ses sens,
Charles sur leurs transports, dans vne peine égale,
Eschappant à leurs cris, eschappant de la sale,
Sans auoir fait ce signe au Theatre attendu ;
Laisse l'Acte à remplir, & l'effect suspendu.
Ces Dames sans respect le suiuent, & le pressent,
Dans vn trouble si grand tous parlent, s'interessent ;

K

CHARLES.

Et Matilde en paſſant m'a dit pour tout diſcours :
Va, cherche Ferdinand, qu'il vienne à mon ſecours ;
I'ay beſoin de ſon cœur & de ſon aſſiſtance :
Elle coule à ces mots, & me quite, & s'auance.
Tandis i'ay pris ce temps, m'efforçant de ſortir,
Pour vous chercher par tous, & vous en auertir ;
Mais plus pour vous donner vn reſte d'eſperance.

FERDINAND.

Ou plûſtôt pour accroiſtre encore ma ſouffrance.
Matilde attend mon ayde, elle implore ma foy ;
Mais pour qui ? pour Rodolfe, & meſme contre moy :
N'importe, obeïſſons, & malgré mon enuie ;
Preſt de verſer ſon ſang, allons ſauuer ſa vie ;
Vne ſeconde fois remettons de ma main
Vn poignard dans mon cœur, & Rodolfe en ſon ſein ;
Pour le tirer du gouffre, allons au precipice ;
Combattre en ſa faueur Charles, & ſa Iuſtice ;
Porter contre le Ciel, contre vn ſi juſte Arreſt ;
Contre mes propres vœux d'vn Traiſtre l'intereſt ;
Allons, mon cœur, allons ; Matilde nous appelle ;
Ne faiſons rien pour nous, mais faiſons tout pour elle.

SCENE IV.

MATILDE, DIONEE.

MATILDE.

CHarles est eschappé, tous nos efforts sont vains,
Et le seul Cabinet l'a sauué de nos mains,
Sa chambre n'ayant pû luy seruir de retraite,
Il nous a dans ce lieu sa presence soustraite,
Sa fuite a contre nous cet azile treuué.

DIONEE.

Mais Rodolfe, Madame, est-il mort, ou sauué?

MATILDE.

Il n'est ni l'vn ni l'autre, & les pleurs de sa Mere
Suspendent le supplice, & font qu'on le differe:
Elle n'a sceu du Prince obtenir quelque temps,
Que pour luy reueler des secrets importants,
Qui regardent l'Estat, dit-elle, & sa personne,
L'interest de Rodolfe, & sa propre Couronne.
Ah! quel secret retarde vn trespas preparé,
Qui peut n'arriuer point, comme il est differé?
Quoy que Charles pour lors n'ait pas voulu l'entendre,
Que luy doit-elle dire? & moy, que doy-ie attendre?

K ij

Que de trouble accōpagne vn si grand IVGEMENT!
Nulle fin ne respond à son commencement,
D'Albert, de mon honneur poursuiuant la vangeance,
Comme si contre eux deux i'estois d'intelligence;
Pour mon honneur, dit-on, pour fin de mes trauaux,
Il me faut espouser l'auteur de tous mes maux;
Et quoy que ie resiste, & quoy que ie reclâme,
Vn pouuoir souuerain me force & rend sa femme:
A peine ay-je loisir de plaindre mon mal-heur,
Que l'on le sacrifie à ma juste douleur;
Sur vn pompeux Theatre, au milieu de la joye,
Celuy qui m'a tout pris deuient enfin ma proye;
Et le Prince & le Ciel portent de mesmes coups
Sur l'Amant, l'Assassin, le Voleur, & l'Espoux:
Par tant de changements i'admire leur Iustice,
Quand le destin se change encor dans le supplice,
Et veut faire eschapper par vn tel changement
Le Mary, le Voleur, l'Assassin, & l'Amant.
Si c'est pour cet effect que le destin balance,
Charles peut oublier Albert, la violence,
Mon deshonneur, son sang, mon outrage, & sa mort,
Differer le supplice, & suspendre le sort;
Porter, par vn surcroît d'vne faueur supréme,
L'Assassin, le Voleur iusqu'en son trône mesme:
Mais, l'eust-il couronné pour estre mon Espoux,
C'est vne qualité qu'il n'aura pas de nous:

Non, ne crains point, Albert, qu'à ton rang il succede;
Sa mort te doit vanger, comme elle est mon remede.

DIONEE.

Sa mort? Que dittes-vous? Madame, ou qu'ay-je fait?
I'ay prié Ferdinand d'empécher cet effect,
Il va de vostre part, pour derniere assistance,
Prier pour luy le Prince, implorer sa clemence.

MATILDE.

Quoy? pour me conseruer Rodolfe pour Espoux?

DIONEE.

C'est ce que ie croyois, & qu'il fera pour vous.

MATILDE.

Mais contre moy plustôt; Helas! que vais-tu faire?
Me perdre en m'obligeant, trop pieux Aduersaire;
I'auois contre Rodolfe à toy-mesme recours;
Quelle erreur! contre moy tu luy prestes secours;
Preuenons sa franchise, & cette erreur secrette;
Allons le détromper.

DIONEE.

Quelle faute ay-je faite!

Fin du quatriesme Acte.

ACTE V.

SCENE PREMIERE.

CHARLES, FREDEGONDE, FERDINAND,
LEOPOLDE.

CHARLES.

ME suivrez-vous par tout ? ah! que mal à propos
Vous redoublez ma peine, & troublez mon repos!
Quel Heros n'eut ployé dessous ma destinee ?
Voicy de mes labeurs la plus grande iournee :
Laissez moy soûpirer, ou respirer du moins ,
Exhaler ma douleur , sans trouble & sans tesmoins :
Vous plaignez vostre perte , & la mienne est plus grande :
Vous demandez Rodolfe , & ie me le demande.

FREDEGONDE.

Rendez le à vostre amour, Seigneur , rendez le nous ,
Las ! ie demande vn Fils.

FERDINAND.

Et Matilde vn Espoux ,

Elle l'a de vos mains ; luy faut-il vous le rendre ?
Ne l'auez-vous donné, qu'afin de le reprendre ?
Seigneur, s'il l'offensa par ses crimes passez,
Le titre de Mary les a tous effacez,
D'implacable Ennemie, & de Veuue oppressée
Elle est de son destin Compagne interessée ;
Ce titre de Mary desarme son courroux,
Rodolfe fut coupable, & non pas son Espoux ;
Par cette qualité, quoy que mal assortie,
Il n'est plus Criminel, ni Matilde Partie.

CHARLES.

Ie suis leur Juge encor, tout grand, tout fauory,
Ie puniray Rodolfe, & non pas son Mary.

FREDEGONE.

Ainsi que leur fortune à present est vnie,
On ne le peut punir qu'elle ne soit punie ;
Voulez-vous violer vous-mesme vostre Arrest ?
Le vanger au delà de son propre interest ?

CHARLES.

Que deuiendroit le mien, ma Iustice, & ma gloire ?
Oubliez-vous Albert ? il est dans ma memoire.

FERDINAND.

Il est dedans son cœur, il est dedans le mien.

FREDEGONDE.

Rodolfe, comme Espoux, doit estre dans le sien ;
Trop pitoyable à l'vn, à l'autre trop cruelle ;
S'il luy faut offenser l'vnion mutuelle,
Peut-elle sans horreur, par vn mortel effort,
Sur vn viuant Mary vanger vn Mary mort ?

CHARLES.

On luy fait prendre trop l'interest d'vn Infame.

FREDEGONDE.

Quel plus fort interest touche vne honneste femme,
Qui voit jointe sa honte à celle d'vn Espoux ?
Infame ? O nom honteux ! quoy ? tel le rendrez-vous ?

CHARLES.

Tel, tel il s'est rendu luy-mesme par ses crimes ;
Et tel il rend encor mes rigueurs legitimes ;
Tel il offense trop vn cœur qui l'honora ;
Tel ie le doy punir ; tel enfin il mourra.
Qu'on le depéche : Allez, Leopolde, & sur l'heure ;
De mème Frederic, que l'vn & l'autre meure.   Leopolde
                                                     y va.

FREDEGONDE.

                                                     [tends ?
Qu'il meure ? Helas ! Mon Fils ? Mais qu'est ce que j'at-
                                                Diray-

Diray-je plus ? Difons, ah ! parlons, il eſt temps :
Mais ie ne puis. ★ *Lifez ſa fortune, & la nôtre.* † Elle luy preſſe deux billets.

CHARLES.

Ie ceſſe d'eſtre Mere ; & ce Fils eſt le vôtre.

Et ce Fils eſt le mien ?

FREDEGONDE.

Ouy, le voſtre, Seigneur ;
Ou pour mieux m'expliquer, c'eſt le Fils de ma Sœur,
D'vne rare Beauté, dont voſtre ame charmée
En ayme encor la cendre au Tombeau renfermée ;
D'vn Aſtre de la Cour, à vos yeux éclypſé,
Et qui, comme vn éclair, en brillant a paſſé.

CHARLES.

Ah ! cet éclair, fortant d'vne mortelle nuë,
Fait tonner dans mon cœur, frappe encore ma veuë.
Qu'ay-ie appris d'vn billet ? Mais lifons le fecond.

Ie meurs : Confolez vous : mon trépas eſt fecond.

ERYTREE.

L

CHARLES.

FREDEGONDE.

En mourant, deux iours aprés sa couche,
Elle écriuit ce mot.

CHARLES.

   Ah! que ce mot me touche!

FREDEGONDE.

Pour cacher donc sa faute, ainsi que vostre amour,
Et sauuer son honneur, elle quitta la Cour:
Je la retire aux champs, où, Sœur officieuse,
Que son mal, que ma foy rendit ingenieuse,
Ie faignis d'estre grosse; en suite mon Espoux,
Par les guerres depuis attaché prés de vous,
Se creut Pere d'vn Fils népendant son absence;
Fils pourtant de ma Sœur: & voila sa naissance:
Doux fruict de vostre amour, seul fruict de ses appas:
Quoy? la Nature en vous ne le dit-elle pas.
Le sang n'entend-il point sa voix forte & secrette?
Vostre cœur est-il sourd? seroit-elle muette?

CHRLES.

Quoy? Rodolfe est mon Fils? O Dieu! qu'ay-ie entendu?

FREDEGONDE.

La Nature, qui parle, & qui vous l'a rendu;

Par escrit, par ma voix sa Mere la reclame :
Croyez moy ; croyez la, lors qu'elle se diffame ;
Soufrez ce Fils, soufrez mon fidele rapport ;
I'ayme mieux en rougir, que rougir de sa mort.

CHARLES.

Pourquoy songer si tard à sa reconnoissance ?
Luy cacher, comme à moy, son rang & sa naissance ?

FREDEGONDE.

Pour ne point donner lieu d'ombrage à mon Espoux,
Que le vent de ce change eust pû rendre jaloux ;
Qui vit auant sa mort, de gloire couronnées
Ce Rodolfe en faueur commencer ses années ;
Et ces mesmes grandeurs où vostre amour l'a mis,
Le caressant en Pere, ont caché vostre Fils :
Comblé de vos faueurs, redoutable en puissance,
Il vint par la fortune aux droits de sa naissance :
Pourquoy, l'ayant celé par honte & par mes soins,
Le dire vostre Fils ? que paroissoit-il moins ?
Mais helas ! par sa mort, sur quoy que ie me fonde,
Que paroistra-t'il moins aux yeux de tout le Monde ?
Si sans l'auoir connu, vous l'auez esleué ;
Le perdrez-vous ainsi, quand vous l'auez treuué ?
Voila ce grand secret, cet important mistere,
Où ie rends pour ma Sœur ce Rodolfe à son Pere :

Il est temps de le suture, au moins s'il m'est permis,
Ou pour aller pleurer, & voir mourir son Fils;
Ou pour me consoler, & voir sauuer le vostre.

SCENE II

CHARLES, FERDINAND.

CHARLES.

LE mien? parle, mon sang, quoy, mõ cœur, est-il nôtre?
Mais pourrois-ie en douter, si plus fortes que tous
Mes propres actions le disent comme vous?
Icy tout se rapporte, & le temps, & son âge,
Et son front, & ses yeux; en faut-il dauantage?
Outre que mon amour le semble declarer,
Le Ciel mesme, le Ciel me le vient inspirer:
Mais en meschanceté le figurant insigne,
S'il dit qu'il est mon Fils, il l'en dit estre indigne:
Le destin a regret de me le presenter,
Puis qu'au poinct qu'il le donne il me le vient oster;
Il condanne sa teste, il proscrit sa personne;
C'est moins à mes Estats qu'à la mort qu'il le donne:
Quoy? Rodolfe à la mort? quoy? mon Fils au trépas?
Ma bouche, parle mieux; non non, il ne l'est pas:

Mais quand il le feroit, & qu'en faueur d'vn Traitre
Ma douleur ma pitié me le feroient connaître;
Quand par vn sentiment naturel & secret
Ie l'aurois auoüé moy-mesme en ce regret;
Quanp l'amour, quand mon cœur le rendroit manifeste.
Ie refuse, Nature, vn present si funeste;
Ce fruict est trop amer que tu me viens offrir,
Ie le cede à la Mort, & ne le puis souffrir.
Qu'elle le prenne donc.

SCENE III.

MATILDE, DIONEE, CHARLES, FERDINAND

MATILDE.

ARrestons, Dionée;
Ie n'ose l'aborder, tant ie reste estonnée:
Rodolfe est fils du Duc? Fredegonde le dit:
Quel secret! Mais oyons.

DIONEE.

Le Prince est interdit.

FERDINAND.

Vous pouuez refuser ce don de la Nature :
Mais l'oster à Matilde est luy faire vne injure ;
La Mort auroit vn bien, que vous auez donné ?

CHARLES.

L'offrant à l'vne, il fut à l'autre destiné :
A toutes deux par droict ie le donna en victime ;
Pour l'honneur, à Matilde, à la mort, pour le crime.

FERDINAND.

Regardez-le, Seigneur, d'vn œil vn peu plus doux,
Ou comme vostre Fils, ou comme son Espoux.

CHARLES.

Comme traître & méchant, mon cœur le considere ;
Mais indigne par là d'estre Fils d'vn tel Pere :
Comme assassin d'Albert, dans le vice nouri ;
Mais indigne par là d'estre aussi son Mary.

FERDINAND.

Quoy qu'il ait fait, Seigneur, quoy qui le deshonore,
C'est toûjours son Espoux, c'est vostre Fils encore ;
Et la main d'vn boureau fait rejaillir son sang
Iusques sur vostre trône, & ternit vostre rang :

Regardez vous, Seigneur, & non pas sa personne,
Ne luy pardonnez point, mais à vostre Couronne:
Contre vn Prince si grand les loix parlent en váin,
On respecte vne mort qui touche au Souuerain:
Matilde par l'hymen voit sa perte remplie,
Vn Prince l'épousant, la Iustice accomplie
A fait la recompense, & la punition.

CHARLES.

Et prend son dernier poids de mon intention:
Matilde cede au sort, & ie prens sa deffense,
Elle seroit le prix du crime qui l'offense:
Non, son honneur consiste, Arrest, & peine & fruict
En Rodolfe espousé, mais Rodolfe destruit.

MATILDE

C'est comme mon honneur, comme Albert le demande,
Comme on peut reparer vne injure si grande,
Ostez ce nom d'Espoux, il ne le fut iamais
Sans mon consentement, & contre mes souhaits,
Et Prince, & Fils, il m'est horrible, espouuantable:
Cet hymen à tous deux n'est nullement sortable,
Le tenez vous pour Fils? ie suis trop au dessous,
Et l'Assassin d'Albert est indigne de nous:
Aussi ie desauouë, & mon cœur en soûpire,
Tout ce qu'en sa faueur Ferdinand a pû dire.

FERDINAND.

Quay? Madame.

MATILDE.

Je sçay qu'vn faux commandement
Vous a, pour me seruir, donné ce mouuement;
L'intention fut iuste, & la mienne deceuë :
J'attens de cette erreur vne contraire issuë.
Ouy, Seigneur, ouy, j'attens de vostre integrité
Ce grand trait de iustice & de seuerité :
Contre son Fauory s'arme vn Prince qui l'ayme,
C'est trop peu, s'arme vn Pere, & contre son Fils mesme.
Il est vray qu'au plus fort de mon iuste couroux
La pitié me saisit, lors que ie pense à vous ;
L'estat où l'on vous voit, où ie me voy reduite,
M'ordonne & me deffend la voix, & ma poursuite;
C'est vn Pere, qui vange vn Fils, qu'il doit punir;
Ie demande sa mort, & n'ose l'obtenir ;
La demandant au Pere, il me ferme la bouche :
Ne vanger pas Albert? perdre vn Fils qui vous touche?
Seigneur, pour accorder mon respect & ma foy,
Punissez & vangez l'vn & l'autre sur moy;
Empeschez par ma mort, où gît mon allegeance,
Ce crime de pitié, ce crime de vangeance;
Puis qu'enfin ie ne fay que de coupables vœux,
Ma mort satisfera pour moy, pour vous, pour eux.

CHARLES.

CHARLES.

Vous estes innocente, & ie serois coûpable;
Faut-il perdre le fruict d'vn Arrest équitable?
Vous, celuy d'appaiser Albert & le vanger?
Moy, de punir le crime, & de vous soulager?
Pour punir deux traits noirs de violence extréme,
Faisons faisons agir la violence mesme:
Rodolfe ayant payé de ses biens, de sa foy,
Est quite enuers l'honneur; mais il doit à la loy;
Le tort est reparé, non le crime & le vice;
L'honneur est satisfait, & non pas ma Iustice;
Le IVGEMENT rendu, non pas tout acheué;
Et l'exemple se perd, si Rodolfe est sauué;
Sa mort seule remplit ce fatal Hymenee,
Et sa téte pour dot à Matilde est donnee;
Ce mariage horrible, en tout deffectueux,
Deuient par son trépas & iuste & fructueux:
S'il vit; ie suis Tyran; Matilde est oppressee:
S'il meurt; Ie suis bon Prince; elle est recompensee.
Ouy, ouy; qu'il meure donc, ce Rodolfe insolent,
Et comme vn Assassin, & comme vn violent:
Enfin pour me punir moy-méme en sa misere,
De regret de sa mort, de regret d'estre Pere,
Et iuste démolir ce qu'iniuste ie fis;
Qu'il meure, le Coûpable, encor comme mon Fils.

M

CHARLES.

Comme mon Fils ? qu'il meure ? Ah! Barbare, que dy-je ?
Pere defnaturé, veux-tu faire un prodige ?
Non, tu dois le fauuer : Non, tu dois le punir ;
Fais en un grand exemple aux fiecles à venir :
Ouy, qu'il meure.

SCENE IV.

LEOPOLDE, CHARLES, FERDINAND, MATILDE.

LEOPOLDE.

IL eft mort ; & la Parque feuere
Vient de rauir Rodolfe.

CHARLES.

Et va rauir fon Pere.

LEOPOLDE.

Son Pere ?

FERDINAND.

C'eft luy-méme, il eft tel reconnu ;
Voy iufqu'où, fans fa mort, Rodolfe eftoit venu.

LEOPOLDE.

Ie le sçay: Mais pensant diuulguer ce mistere,
Puis qu'on le sçait aussi, ie n'ay plus qu'à me taire.

CHARLES.

Il est mort ? ie le perds lors que ie l'ay treuué ;
Vn iour me donne vn Fils, vn iour m'en a priué :
Nature, c'est trop peu, n'attens pas que ie pleure ;
Si mon sang est versé, faut-il pas que ie meure ?
Parle, pour me tuer acheue ce rapport ;
Dy, Leopolde, dy.....

LEOPOLDE.

            C'est tout dire ; il est mort :
Mais il est mort, Seigneur, auec vne constance,
Qui des cœurs & des yeux de toute l'assistance
A fait comme ondoyer, à grands vents, à grands flots,
Vne mer de soûpirs, de pleurs, & de sanglots :
Il est vray qu'vne perte à la sienne mêlee :
La mort de Frederic a son ame ébranlee ?
M'est ce peu de mourir, & mourir dans Mâstric ?
Quoy ? l'on me ioint, dit-il, encore Frederic ?
Est ce icy, cher Cousin, le fameux champ de gloire
Qui deuoit éleuer nos noms à la memoire ?
Compagnon de ma vie, auiourd'huy de ma mort,
Est-ce où te destinoit ma faueur & mon sort ?

D'vne grandeur extréme eſt-ce icy le theâtre ?
On les void d'amitié l'vn & l'autre combattre ;
Et comme à quelque honneur l'vn par l'autre inuité
Se diſputer la mort auec ciuilité ;
Tous deux ont de l'ardeur, & de la deference :
Rodolfe le plus ieune, en cette concurrence,
Auſſi ferme de cœur, mais plus promt, comme tel
Paſſe & va le premier deſſous le coup mortel ;
Sa qualité, ſon rang, contre le droict d'aîneſſe,
De ce triſte auantage honorant ſa ieuneſſe.
   Cependant Fredegonde arriuee en ce lieu,
Pour le baiſer dernier, pour le dernier adieu
Dans ſes larmes mélant ce qu'vn cœur a de tendre
Tient Rodolfe embraſſé, me coniure d'attendre ;
Et par pleurs ſur mon ordre obtenant vn moment,
L'entretient en ſecret, deuant moy ſeulement ;
Luy reuele en deux mots ſon rang & ſa naiſſance,
Et tout ce dont vous meme auez la connoiſſance.
Rodolfe n'en paroît étonné ni confus ;
Moy, ie reſte interdit, ſi iamais ie le fus ;
Vn tel ſang à verſer me rend preſque immobile :
Mais ce temps écoulé ne fut pas inutile :
Frederic preuenant vn ſemblable débat,
   Offre au Boureau ſa tête ; & d'vn coup il l'abbat.

MATILDE.

Cét Affaßin d'Albert meurt pour le fatisfaire;
Mais voyons fuiure, honneur, ton mortel Auerfaire.

CHARLES.

Termine en peu de mots fa vie, & ma langueur;
Qu'vn fer frappe fa tête, & ta langue mon cœur;
Parle, acheue.

LEOPOLDE.

    Immobile en cette charge expreffe
I'attens vn nouuel ordre, & le premier me preffe.
Rodolfe fans frayeur retournant fur fes pas;
Au moins, i'yray, dit-il, bien plus noble au trépas;
Reioignons Frederic, c'eft trop le faire attendre:
Mais comme il voit fon corps que l'on venoit d'étendre;
D'vn cœur ému, furpris, & non pas en deffaut;
Il m'attend en effect, dit-il, mais c'eft là haut:
Allons donc l'y rejoindre, & trop honteux de viure
Ayons, méme en la mort, cette honte de fuiure.
Puis s'addreffant à moy, non fans quelques foûpirs;
Pour teftament de mort, & pour derniers defirs,
Vous puis-je, pourfuit-il, obliger à deux chofes
Dans qui mes volontez feront toutes enclofes?
Ie l'inuite aufi tôt à parler librement,
Mais à parler en Prince, auec commandement.

         M iij

Au contraire, dit-il, portez cette priere
A Charles, Mon Seigneur; (puis tout bas; & mõ Pere,)
De crainte que ma honte augmente ses ennuis,
D'oublier ma naissance, & ce que ie luy suis.

CHARLES.

Ah! comment l'oublier? si méme dans mon ame
La Nature l'imprime auec vn trait de flame?
Ah! comment l'oublier? si méme dans mon cœur
Auec vn trait de fer l'imprime ma rigueur?
Triste rigueur, qu'en vain la Iustice console!
O Ciel! Mais continue; il m'ôte la parole.

LEOPOLDE.

Il la rend à Rodolfe: Et quant à l'autre poinct,
Oyez la verité, dit-il, qu'on ne sçait point:
Matilde est toute pure, & son bonneur sans tache:
Dittes luy ce qu'il faut que tout le monde sçache;
Que le crime ne fut que dans ma volonté;
I'en iure par mon sang, trop long temps arrété:
D'ardeur de le verser, il s'auance, il s'apréte;
Et le fer, qui l'attend luy fait voler la téte;
Qui cherche en bondissant & faisant plus d'vn saut
Celle de Frederic au bout de l'échaffaut,
Pour se ioindre en la mort aussi bien qu'en la vie;
Voilà de quels effects leur amour fut suiuie.

Pour vôtre honneur sauué, Madame, il est constant,
Frederic estant pris m'en auoit dit autant.

MATILDE.

Dedans le sang d'vn Prince, helas! ie suis lauée :
Par où vous le perdez, ma pudeur est sauuée,
Seigneur, qu'elle vous coûte, & qu'elle m'a coûté !

CHARLES.

Pour montrer ma Justice, & vôtre honnéteté.

FERDINAND.

Donc Matilde est sans tache? ô Ciel! ô Prouidence !
Des tenebres tu mets sa gloire en éuidence :
Sans force, éuanoüie, en vn si grand besoin
Le Ciel la conserua, le Ciel en prit le soin ;
Sauuer sa pureté, la rendre manifeste
C'est vn don, c'est vn trait de la faueur celeste.
Acheuez la, Seigneur, & vous ioignant aux Cieux,
Qui semblent reseruer vn don si precieux
Donnez à mon amour qu'ils vous ont fait connaître
Ce que le Ciel me doit, ma Maîtresse, & mon Maître.

MATILDE.

Ie doy tout en effect à ses soins diligents,
Et iamais reconnus, & toûjours obligeants ;

CHARLES.

Iuste aueu ! Mais faut-il, raison que ie reuere,
Estre ingrate, de peur de n'estre pas seuere ?
Ouy ; ces discours, honneur, ne sont pas de saison.

FERDINAND.

Le Ciel me fait parler, l'honneur & la raison :
Le temps peut mettre tout dedans la bienseance.
Seigneur par mes respects, & par ma patience.....

CHARLES.

Ie ne vous puis ouïr : aymez la seulement,
Et laissez moy pleurer ce fatal IVGEMENT.

SCENE V,
ET DERNIERE.
CHARLES. (seul)

AH ! cruel IVGEMENT, où ie perds ce que
i'ayme !
Ah ! cruel IVGEMENT donné contre moy-méme !
Pery, meurs à ton tour, Pere dénaturé ;
Sacrifier vn Fils ? Ciel, tu l'as enduré ?

Et

Et deffens à ma main mon propre sacrifice?
Ah! prête un coup de foudre, & rens luy cet office.
Quoy? le Ciel, que j'inuoque, ose me refuser?
Il m'inspira mon crime, & semble l'excuser?
Ie m'accuse; & dans moy sa voix me iustifie?
Il me declare iuste où ie me nomme impie?
Contre moy, contre un crime où puis-je auoir recours,
Si le Ciel qui punit luy-mesme est mon secours?
S'il flatte ma fureur, appaise ma misere?
O iustice! ô destin! que vostre ordre est seuere!
Perdre un Fils? vos decrets me porter à ce poinct?
Ciel! ie l'ay fait; j'en pleure, & ne m'en repens point.

FIN.

N

Extraict du Priuilege du Roy.

Ar grace & priuilege du Roy donné à Paris le vingt-cinquiesme iour d'Auril 1645. Sgné, Par le Roy en son Conseil, LE BRVN, Il est permis à Tovs-SAINCT QVINET Marchand Libraire à Paris, d'imprimer vendre & distribuer vne piece de Theatre intitulée *Le Iugemēt equitable de Charles le Hardy dernier Duc de Bourgogne, Tragedie,* durant le temps & espace de cinq ans à compter du iour que ladite piece sera acheuee d'imprimer & defenses sont faictes à tous Imprimeurs, Libraires & autres de contrefaire ladite Tragedie, n'y en vendre, ou exposer en vente, à peine de trois mil liures d'amende, de tous despens, dommages & in........... ainsi qu'il est plus amplement porté par lesdites lettres qui sont en vertu du present extraict tenuës pour bien & deuëment si-gnifiees à ce qu'aucun n'en pretende cause d'ignorance.

Acheué d'imprimer pour la premiere fois le 27. May 1645.

Les Exemplaires ont esté fournis.